NATHALIE BERNARD

LES NUÉES

LIVRE 1 – ÉRÉMOS

roman

EDITIONS THIERRY MAGNIER

Nathalie Bernard est publiée depuis une vingtaine d'années chez différents éditeurs. Fascinée par les contes et les récits d'initiation, elle a d'abord écrit pour les grands des histoires de vampires, de sorcières, de sirènes et autres créatures fantastiques. Depuis quelques années, elle se consacre plus particulièrement à l'écriture pour la jeunesse. Chanteuse à ses heures perdues, il lui arrive de donner une forme « spectaculaire » à ses romans. Elle espère apporter à ceux qui la lisent un peu du rêve et du réconfort qu'elle a elle-même reçus en parcourant certains livres...

Aux éditions Thierry Magnier :
Sept jours pour survivre, Grands romans, 2017.
Sauvages, Grands romans, 2018.
Keep Hope, Grands romans, 2019.
Le Dernier sur la plaine, Grands romans, 2019.
D.O.G., Grands romans, 2020.

Au commencement, Dieu créa les cieux et la terre. La terre était informe et vide. Il y avait des ténèbres à la surface de l'abîme, et l'esprit de Dieu se mouvait au-dessus des eaux. Dieu dit : Que la lumière soit ! Et la lumière fut. Dieu vit que la lumière était bonne et Dieu sépara la lumière d'avec les ténèbres. Dieu appela la lumière jour, et il appela les ténèbres nuit. Ainsi, il y eut un soir, et il y eut un matin : ce fut le premier jour.

Genèse I, versets 1 à 5.

Je rêvais d'un autre monde
Où la Terre serait ronde
Où la Lune serait blonde
Et la vie serait féconde

Téléphone/Jean-Louis Aubert 1984

PROLOGUE

L'eau.

Depuis toujours le danger venait de l'eau.

C'est elle qui avait noyé les familles des anciens.

C'est elle qui avait avalé les parents et les aïeuls.

C'est elle qui, sans prévenir, pouvait engloutir Érémos.

Pourtant, de l'eau dépendait la vie.

Sans elle, pas de culture.

Sans elle, pas de poisson ni de récolte.

Dans sa famille, ils étaient Pêcheurs. Sur leur tunique, ils portaient l'écusson vert des travailleurs de la mer. Dès qu'Ava avait atteint sept ans, son père l'avait emmenée sur l'eau et lui avait transmis son savoir. Depuis, elle avait hissé sa voile et quitté la terre ferme lors de centaines et centaines de rotations. Elle connaissait le chemin de l'eau par cœur. Elle savait comment attraper les poissons, comment leur trancher la tête d'un coup sec et comment les vider avant de les recouvrir de sel. Elle savait comment garder le cap, le Soleil réchauffant sa joue gauche, les Brumes aspirant sa joue droite. Elle savait où elle devait s'arrêter pour jeter ses lignes et à quel moment elle devait repartir. Elle savait comment lancer la chaudière et contrôler la pression pour le voyage du retour. Enfin, elle savait jusqu'à quelle distance elle pouvait s'éloigner.

Ce jour-là, Ava repensait à la toute première fois où elle s'était retrouvée seule sur son propre bateau de pêche. Cela s'était passé vingt-cinq ans auparavant, pour l'anniversaire de ses treize ans. Elle se rappelait encore l'air moite et la chaleur du Soleil sur sa jeune poitrine. Elle se rappelait cette même brise marine qui lui donnait toujours la sensation que son corps était plus léger sur mer que sur terre. Elle se rappelait ce que cela lui avait fait de naviguer seule au milieu des flots insondables de la mer des Nuées, de cette étrangeté de voir les Brumes se rapprocher sans avoir son père près d'elle. Elle se rappelait aussi comment, afin de ne pas écouter sa peur qui lui hurlait de faire demi-tour, elle s'était répété les règles.

Tenir fermement la barre.
Filer parallèlement au rideau des Brumes.
Ne pas les contempler trop longtemps.
Garder le cap.

Oui, le plus important était de garder le cap afin de retrouver la zone où pullulaient habituellement les poissons à dix yeux. Et là-bas, enfin, jeter ses lignes.

« Tu ne dois pas avoir peur de l'eau, lui avait répété son père. N'oublie pas que, pour venir jusqu'ici, pour s'installer et vivre sur Érémos, nos ancêtres ont suivi la côte. C'est l'eau qui les a guidés et c'est en elle qu'ils ont puisé ce qui leur a permis de rester vivants et de continuer à avancer. »

Ava avait trente-huit ans désormais et rien n'avait vraiment changé. Le soleil gardait la même place dans le ciel. Ce même bateau, réparé des dizaines de fois, fendait les flots et, au sud, les Brumes formaient toujours la limite à ne pas franchir.

Par habitude, elle prononça la petite prière qu'elle s'était inventée pour que la pêche soit bonne. Malgré cette précaution, il lui arrivait de rentrer bredouille. Mais ce jour-là, c'était hors de question car elle devait honorer une grosse commande provenant du Palais des Aveugles.

Avec force, elle remonta sa ligne.

Rien.

Deuxième ligne.

Rien non plus.

Est-ce que la chance lui tournait le dos ?

Sur la troisième, l'appât pendouillait encore, mais il n'y avait pas de poisson.

Le pont restait désespérément vide.

Que faire ?

Au moment où Ava décida de rentrer, le vent tomba. Sa voile se dégonfla brutalement et, en un instant, les Brumes se rapprochèrent. Alors, elle se demanda si le moment était venu. Elle eut une pensée pour sa fille et son cœur se contracta dans sa poitrine. Mais déjà, elle sentait le souffle humide des Brumes sur sa joue hâlée. À ce stade, la voile ne servait plus à rien. Elle devait se dépêcher de prendre sa décision.

Elle choisit de rallumer la chaudière et la roue à aubes se mit à tourner, les pales frappant l'eau en cadence à l'arrière. Pendant un instant, Ava écouta leur martèlement…

Il suffisait de faire demi-tour.

Pourtant, quelque chose l'attirait implacablement vers le large, une sorte de sidération, de fascination…

Oui, peut-être que le moment était venu.

Autour d'elle, l'eau, d'un bleu presque noir, lui sembla soudain étrangement immobile, comme en attente. Horrifiée, elle constata que les Brumes léchaient la coque de son bateau et, pendant un instant, ses forces la désertèrent. Sur cette masse gigantesque, Ava se sentit brusquement minuscule, fragile, ballottée comme, lorsqu'à treize ans, elle avait quitté le rivage seule pour la première fois.

ÉRÉMOS

48E JOUR PERPÉTUEL DE L'AN 376 AGS

Plantée au centre de la place du marché, Lisbeth ne bougeait pas. Elle venait d'être rattrapée par une de ses absences, une de ses rêveries qui la coupaient soudain du monde extérieur. Immobile, elle fixait l'œil rond d'un des nombreux poissons qui gisaient sur l'étal en bois.

Sur Érémos, tout est rond, d'une circularité contenante, rassurante. Cet œil, l'étal du Pêcheur, l'écusson de la première rotation que ce dernier porte sur sa poitrine, nos maisons en terre cuite, nos fenêtres, nos garde-temps, les contours de notre Cité et jusqu'au soleil noir du sigle de la Milice... Tout, absolument tout est à l'image de notre bien-aimé Soleil perpétuel.

Sauf nous.

Nous, nous sommes plutôt comme des brindilles vibrantes, debout comme des arbres déracinés, courant d'un point à un autre sans jamais nous arrêter...

– Qu'est-ce que tu fais, jeune fille ? Tu choisis un poisson ou pas ? Il y a des gens qui attendent, lui fit remarquer le Pêcheur.

Lisbeth reprit brusquement conscience du brouhaha qui l'entourait. Elle se retourna et fit face aux mines des mécontents, pressés de faire leur marché et de rentrer chez eux pour se restaurer et se reposer avant leur prochaine rotation. Gênée, elle grimaça une excuse avant de désigner le poisson à dix yeux qu'elle avait longuement contemplé.

– Désolée, oui je prends celui-là, dit-elle en tendant un Sol au Pêcheur.

Ce dernier soupira, saisit le bon d'échange qu'elle lui tendait, le rangea dans une caisse et attrapa le poisson pour le placer dans le panier de Lisbeth. Puis, il lui fit signe de laisser sa place. Sur Érémos, le temps perdu était très mal vu. À l'image de la brûlure perpétuelle du Soleil, les activités ne cessaient jamais. Les quatre rotations de quatre sabliers chacune s'enchaînaient, une partie de la population travaillant quand les autres se reposaient dans l'ombre de leurs demeures, et inversement.

Il restait le temps d'un sablier à Lisbeth pour rentrer chez elle. C'était amplement suffisant mais, par réflexe, elle accéléra le pas. Cependant, un peu plus loin, l'étal des bijoux la fit s'arrêter une deuxième fois. Elle n'avait encore jamais eu de pendentif et elle avait bien envie de s'en offrir un pour son seizième anniversaire. Les Érémosiens étaient tous vêtus de la même manière. Les seuls signes distinctifs reposaient sur les coiffures, les écussons et les bijoux… La jeune fille posa un regard intéressé sur un beau scarabée vert pris dans la résine. C'était idiot mais, depuis qu'elle avait remarqué celui qu'Hélin portait, elle avait très envie d'avoir le même.

– Combien ? demanda-t-elle à la Bijoutière.

– Cinq Sols.

Lisbeth fouilla dans sa sacoche sans trouver le moindre bon d'échange. Dépitée, elle allait s'en aller quand elle réalisa qu'un jeune homme se tenait tout près d'elle et la regardait. Elle le regarda à son tour et constata d'abord qu'il était très grand et portait librement ses longs cheveux roux.

– C'est pas un amoureux qui offre ça d'habitude ? lui fit-il remarquer en souriant.

Trouvant son approche un peu trop frontale, Lisbeth se contenta de lever un sourcil. Cependant, plongeant ses yeux dans ceux du jeune homme, elle remarqua qu'ils étaient quasiment de la même teinte vert métallisé que la carapace du scarabée. Quant à sa peau très blanche, elle révélait un travail à l'ombre… Intriguée, elle jeta un œil sur sa tunique mais, étrangement, elle était dépourvue d'écusson.

S'il travaille dans l'Administration, il peut certainement offrir un pendentif de ce genre à toutes les filles qu'il croise ! se dit Lisbeth avant de filer.

Sans un regard en arrière, elle remonta les ruelles recouvertes de grandes toiles huilées pour protéger les Érémosiens des brûlures du Soleil. Elle bifurqua en sifflotant vers le soupirail qui menait à sa demeure. Après sa rotation en plein désert, l'ombre qui y régnait était un réconfort bienvenu. Elle abandonna le panier sur le sol, ôta ses sandales et se dépêcha de remonter son garde-temps accroché au mur. C'était un disque arrondi, mû par un système de balancier, qui réglait l'activité de chaque Érémosien. Un quart du disque était bleu et correspondait aux quatre sabliers de travail des Hydros. Quant à la partie blanche, elle indiquait les douze sabliers restants, qui se partageaient entre quatre sabliers de temps libre et huit de repos obligatoire à la maison. L'habitude communément admise était d'en régler la sonnerie un sablier avant de partir au travail.

Lisbeth s'allongea sur la paillasse qui lui servait de lit. Là, avec une excitation qu'elle avait du mal à contenir, elle plongea la main dans la poche intérieure de sa tunique et en ressortit un objet qu'elle avait trouvé dans le désert. C'était une chose métallique, fine et longue, qui se terminait par quatre dents. À quoi cela pouvait bien servir dans l'Ancien Monde ? Elle appuya la partie avec les dents sur sa peau et lorsqu'elle l'enleva, il y avait quatre petits points rouges...

Un bruit lui fit lever la tête.

Sa mère lui avait pourtant bien dit qu'elle ne rentrerait pas avant plusieurs rotations... Par réflexe, elle cacha l'objet sous sa paillasse. Il était interdit de rapporter chez soi un objet que l'on trouvait dans le sable. À chaque retour de rotation, il fallait impérativement le remettre à un Milicien qui se chargeait de l'apporter au DOT, le Département des Objets Trouvés. Un tri était fait, certains objets étaient remis en circulation et d'autres soigneusement conservés au Palais des Aveugles. La plupart du temps, Lisbeth se pliait à cette règle et ramenait les objets au DOT mais parfois elle ne pouvait s'y résoudre. L'objet l'intriguait trop ou exerçait une telle attraction sur elle qu'elle prenait le risque de le garder. Elle savait qu'elle pourrait bien aller en prison pour ça, mais c'était plus fort qu'elle. Avant de s'endormir, elle aimait imaginer à quoi ces choses étonnantes avaient pu servir…

Journal de bord de la station spatiale internationale

Lundi 26 mai 2025

Confortablement installée dans mon sac de couchage, je commence mon journal de bord. C'est une contrainte que je veux conserver chaque soir ou presque.

Pour ma famille.

Pour mes vieux jours.

Sacha, Aya et moi avons décollé hier du Kazakhstan. Après quinze heures de vol dans le Soyouz, nous nous sommes amarrés à la Station spatiale internationale. Passage du Soyouz à l'ISS et accueil chaleureux de l'équipe en place. Anton et Susannah nous ont mitraillés avec leurs appareils photos dès l'ouverture du sas et nous ont arrosés de champagne tandis que John, qui est un excellent bluesman, nous jouait à l'harmonica l'ouverture de « Star Wars ».

Sacha a été le premier à entrer dans l'ISS. Il sera notre commandant de bord et notre botaniste en chef. Astronaute russe, il a quarante-sept ans et a passé plus de temps dans l'espace que nous tous réunis. Il a la lourde tâche de remplacer Walter, qui dirigeait l'ISS depuis près d'un an et qui a quitté la station il y a quelques jours. La deuxième à entrer a été Aya, qui est devenue astronaute après une dizaine d'années à travailler en tant que chimiste. C'est son deuxième voyage. Son prénom veut dire « beauté sauvage » en japonais et je dois dire qu'il lui va comme un gant. D'ailleurs, je crois qu'elle a fait une forte impression sur Sacha. Pas de chance pour lui, elle m'a confié qu'elle était très amoureuse de sa chérie, qui est dessinatrice pour les studios Ghibli. « Une fille qui rêve comme moi de sublimer le monde... » a-t-elle ajouté, des étoiles dans les yeux.

J'étais la dernière à entrer. J'ai refermé le sas derrière moi et j'ai senti des papillons envahir ma poitrine. J'étais folle de joie.

On est là pour six mois.

Mais si jamais on décroche de notre orbite, qu'on se perd dans l'espace et que des extraterrestres lisent mon carnet, il faut bien que je dise qui je suis. Je m'appelle Lucie et je suis, comme disait Nabokov, « un bref éclat de lumière entre deux éternités de ténèbres »... Alors, j'essaye de faire quelque chose de ma vie. Pourquoi astronaute ? Parce que j'aime regarder les choses d'en haut, me faire une idée à distance. Avant tout ça, j'étais astrophysicienne. Je le suis toujours bien sûr, même si j'ai mis mes recherches en pause pour me consacrer à la formation d'astronaute.

Voilà pour les présentations. Je reviens sur les détails de notre arrivée. Après le cocktail tant attendu champagne/gravité zéro, on a commencé nos leçons de vol. Enfin, surtout moi car mes deux collègues n'en sont pas à leur premier voyage sur la station. Bref, glisser d'un module à un autre, c'est le kif total !

Pour reposer mon estomac, j'ai fini par m'arrêter devant la fameuse Cupola. La Cupola, c'est un hexagone de près de trois mètres de diamètre, formé de six vitres plus un hublot central, qui forme un poste d'observation absolument extraordinaire ! Je me rappelle que je venais juste d'être sélectionnée pour devenir astronaute quand j'ai vu la vidéo en direct de Thomas Pesquet jouant de son saxophone ici même. Sa femme avait réussi à lui envoyer son instrument pour son anniversaire par le biais du cargo ravitailleur. Pour moi, voir ce type incroyable se mettre à jouer en apesanteur devant les vitres de la Cupola et l'écouter interpréter « L'Art de la joie », c'était le truc le plus magique qu'il m'avait été donné de voir… Tout à l'heure, j'étais à sa place et, même si je ne jouais ni du saxophone ni d'aucun autre instrument, comme lui je pouvais contempler les panneaux solaires de la station, le cargo spatial de ravitaillement et… notre chère planète Terre.

J'ai attendu cet instant toute ma vie.

Le rêve se concrétise enfin.

Le fruit d'un long processus. Il aura fallu toutes ces années de travail pour que ce moment puisse enfin exister… Mais voilà, ça y est, je fais partie de l'équipe. Je suis dans le ciel. Et ce soir, j'entame ma première « nuit » sans gravité !

Je viens d'éteindre l'écouteur branché à la radio. J'entends Sacha qui termine sa première séance de sport. Les infos transmises par la Terre sont presque exclusivement consacrées à la nouvelle vedette des médias : 2025LM132. Elle va pas mal nous occuper ces prochains jours. Inutile de m'en farcir la tête avant de dormir. Je préfère penser au fait que, pendant mon temps de sommeil, mon corps va faire environ quatre fois le tour de la Terre…

ÉRÉMOS

49e JOUR PERPÉTUEL DE L'AN 376 AGS

Érémos était le seul monde que connaissait Lisbeth, mais elle le connaissait bien. En venant du rivage, on trouvait d'abord une longue traînée verte, une pinède séparant le bleu de l'océan de l'ocre du désert. Puis venait la Cité proprement dite, formée d'un lacis de rues et ruelles enchevêtrées qui grimpait jusqu'au Dédale, un tunnel taillé dans la roche au-dessus duquel vivaient la Milice, les Administrateurs et les Sonneurs. Tout au bout de ce Dédale s'élevait le Palais des Aveugles, une extension d'anciennes grottes naturelles. Sur le toit du Palais, les Sonneurs se relayaient pour retourner de grands sabliers. Ils donnaient un coup sur une grande plaque de métal incurvée pour chaque sablier écoulé et une série de coups pour avertir les Érémosiens des changements de rotations. Par le biais d'une astucieuse installation, l'onde sonore se répercutait partout, de la Cité jusqu'au cœur du désert. Au-dessus régnait un Soleil perpétuel et un ciel le plus souvent clair. Au cours de l'année, les précipitations étaient rares et violentes, survenant sur de courtes périodes, juste après la Saison des Orages. Aussi fallait-il de l'obstination aux Érémosiens pour récupérer l'eau de mer, la désaliniser et la faire courir vers la Cité ou les cultures par un ingénieux réseau de canalisations. Lorsque les zones cultivables étaient trop éloignées, les Hydros, les ouvriers de l'eau, allaient chercher l'eau souterraine pour créer de nouvelles oasis…

En soulevant un instant la visière qui protégeait ses yeux trop clairs de la lumière intense du désert, Sverre dévoila son crâne rasé. Rune, le nouveau Renifleur, les avait menés jusqu'à un creux interdunaire. Ici, les vents étaient moins violents et le Soleil moins cuisant, au point qu'une mare s'était formée après les dernières pluies. Le jeune Rune ne s'était pas trompé. Il avait trouvé l'eau. Comme souvent, elle était déjà fangeuse et putride, mais cela n'avait aucune importance. Pour commencer, les trois Hydros se chargeraient de remplir les récipients qu'ils emportaient toujours avec eux. Plus tard, ils mettraient cette eau à décanter et la filtreraient avec du charbon pour la rendre buvable.

– Tu crois qu'il a eu de la chance ou qu'il est vraiment bon ? demanda Sverre à Lisbeth, en faisant porter sa voix.

De petit gabarit, Lisbeth avait la peau mate et des cheveux bruns vivaces qu'elle portait tressés en une longue natte. À l'instar de ses coéquipiers, elle était vêtue d'une tunique couleur sable qui lui arrivait au-dessus du genou et sur laquelle était cousu un petit triangle de tissu bleu : la marque des Hydros de la troisième rotation. Initialement destinée à être Pêcheuse comme sa mère, elle avait changé de destin au cours de sa dixième année. Jusqu'à treize ans, âge auquel elle avait obtenu son écusson, elle avait entièrement été formée par Sverre. Et, même si ce dernier avait le double de son âge, leur binôme fonctionnait très bien, y compris lorsqu'il s'agissait de bizuter gentiment les nouveaux arrivants.

– À mon avis, il a eu de la chance ! renchérit Lisbeth sur le même ton.

La jeune fille était elle aussi passée par là. Lors de sa première rotation d'Hydro, les moqueries avaient fusé de tous les côtés. Ce n'était pas bien méchant. C'était ce qui se faisait, voilà tout. D'ailleurs, Rune ne semblait pas vraiment prêter attention aux piques qu'ils lui lançaient. Concentré, il préparait déjà le matériel de forage, devançant la deuxième étape du travail.

– Moi, je crois qu'il fait un peu trop de zèle. C'est louche, siffla Sverre, tout en continuant à prélever l'eau de la mare.

– C'est bien beau tout ça, mais on va voir s'il arrive à démarrer le troue-terre, s'amusa Lisbeth.

En manière de réponse, le jeune garçon alluma la chaudière du groupe électrogène et régla les gaz. Après avoir un peu toussé, le moteur du troue-terre se mit à ronronner.

– Du premier coup ! s'exclama-t-il en bombant le torse.

– Pousse-toi donc et laisse Lisbeth entamer le travail ! grogna Sverre pour la forme.

La jeune fille sourit tout en enfilant les lunettes qui protégeaient ses yeux des projections de sable. Puis, elle s'empara de la machine. Les godets d'acier se mirent à tourner, grignotant le sol de plus en plus vite et éjectant une pluie de sable et de terre en dehors du trou. Pendant qu'elle creusait, à l'aide d'un petit chariot les deux autres évacuaient le monticule qui grossissait à côté du futur puits.

Ils se relayèrent ainsi jusqu'à atteindre un sol plus dur. À cette étape, il fallait changer de godets. Lisbeth stoppa la machine. Sverre contempla d'un air satisfait l'excavation qui mesurait près de trois mètres de profondeur.

– Allez, maintenant on passe aux choses sérieuses ! lança-t-il, juste avant qu'un son métallique ne leur parvienne depuis le lointain.

– Déjà deux sabliers. On verra ça plus tard, répondit Lisbeth.

– C'est la pause ! fit joyeusement Rune.

Sverre opina de la tête. À force de labeur et de chaleur, leurs veines saillaient sous leur peau. Ils allèrent s'asseoir, déplièrent leurs petits auvents transportables pour avoir un peu d'ombre et sortirent leur casse-croûte. Une grosse poignée de dattes pour Lisbeth, un beau morceau de poisson séché pour Sverre. Quant au jeune Renifleur, il disparut derrière la dune, certainement pour aller uriner.

– Faut que je t'annonce quelque chose, dit Sverre tout en mâchant.

– Attends, je sais ! Siren a accouché !

Un large sourire éclaira le visage de son coéquipier.

– Oui… de deux beaux garçons.

– Des jumeaux ? Félicitations ! Ils ont été examinés ?

– Pas encore, mais je ne m'inquiète pas trop. Ils ont l'air en pleine forme.

À ce moment-là, Rune les rejoignit.

– Qui t'a autorisé à t'asseoir avec nous, nabot ? l'attaqua aussitôt Sverre.

– Euh… Ah, pardon, je vais me mettre un peu plus loin…

– Rassieds-toi tout de suite, fit Sverre d'un ton sec.

– Quoi ? Je me rassois, alors ?

Sverre, le visage toujours fermé, acquiesça. Lisbeth laissa échapper un petit rire. Rune avait l'air perdu, mais il obtempéra et sortit sa gourde de son sac.

– Je te félicite, nabot, t'as bien bossé, lança Sverre en lui donnant une claque amicale dans le dos, pile au moment où le jeune Renifleur avalait une gorgée d'eau, ce qui le fit tousser.

Lisbeth adressa un signe de tête à Sverre qui signifiait : « Allez laisse-le tranquille maintenant. » Elle avala sa troisième datte séchée et, sans vraiment le vouloir, elle dit tout haut ce qu'elle pensait tout bas :

– Comme leur mère est Métallo…

– Ouais, nos enfants devront eux aussi travailler à la mine. Évidemment, j'aurais préféré qu'ils deviennent Hydros comme moi, mais bon… *Rien ne peut se mettre au-dessus des règles sans mettre la Cité en danger*, récita-t-il.

Siren travaillait à la mine depuis plus de dix ans. C'était un métier difficile et usant, et Sverre avait plusieurs fois parlé de cette toux préoccupante qui l'empêchait de plus en plus souvent de dormir.

– Tu devrais faire comme ma mère… Avec une action d'éclat, tu pourrais obtenir un privilège des Élus et demander que tes enfants deviennent Hydros, lui suggéra Lisbeth.

– Sauver quelqu'un ? Dans les dunes ? Ça se présente pas tous les jours ! Enfin bon… qui vivra verra, fit Sverre avant de mordre férocement dans son morceau de poisson.

Il n'était plus temps de parler. La pause déjeuner se devait d'être la plus courte possible. Ils terminèrent leur casse-croûte et rangèrent rapidement les restes de leurs repas dans leurs sacs. Rune se leva comme un ressort pour aller chercher le godet dédié aux sols plus durs. C'était au tour de Sverre de forer. Il avala une dernière rasade d'eau, enfila ses lunettes de protection et s'approcha de la machine.

Deux sabliers plus tard, ils virent arriver l'équipe suivante. Sur leur tunique, le carré bleu de la quatrième rotation des Hydros. Lisbeth esquissa un geste de bienvenue avant de rejoindre Sverre et Rune qui s'éloignaient déjà en direction des rails. Ils montèrent tous les trois sur le wagonnet, Sverre lança une pelletée de charbon dans le foyer et Lisbeth abaissa le levier pour amorcer leur retour vers la Cité.

Journal de bord de l'ISS

Lundi 16 juin 2025, 19h00

Moment de calme.

Pour l'instant, ma vision souffre un peu de l'espace. J'ai des zones de flou. Rien de grave. À zéro gravité, la pression intra-crânienne fait légèrement ressortir les globes oculaires et les déforme. Je vais m'y habituer et ma vue redeviendra normale à mon retour sur Terre. En parlant de notre vieille planète, les nouvelles du jour ne sont pas fameuses. L'Australie brûle encore. Ces dernières années, il ne se passe pas plus de six mois sans qu'elle brûle. Nous avons pris quelques clichés tout à l'heure et, d'ici, le pays tout entier ressemble à la croûte d'une blessure. C'est d'une tristesse infinie. Avant l'arrivée de l'homme blanc, les Aborigènes faisaient des feux contrôlés pour entretenir le bush, mais on leur a interdit de poursuivre cette pratique ancestrale.

L'année dernière, le gouvernement australien a fini par leur demander de reprendre l'entier contrôle des feux, mais j'ai l'impression qu'il est trop tard...

Mon fils vient de me laisser un message vocal. C'est tellement mignon que je le retranscris pour m'en souvenir plus tard :

« Tu me manques maman... Si jamais tu regardes Paris avec un énorme télescope, tu me verras à la fenêtre de chez papa, en train de te lancer des gros bisous. »

Je l'aime si fort.

Dans la station, tout va bien. Mes coéquipiers sont des personnes extraordinaires. Cela fait déjà vingt et un jours que nous vivons tous les six sans gravité. Je dors bien. Je me sens bien. Je suis étonnée de la rapidité avec laquelle nous nous sommes habitués à cette vie en lévitation... Aujourd'hui, la journée a été bien remplie. Pendant qu'Aya faisait sa séance de sport quotidienne, j'ai avancé sur mes expériences sur la micro-gravité. Au passage, j'ai vu que les salades de Sacha avaient bien poussé et il m'a dit que nous aurons le droit d'en manger ce soir.

Je n'ai pas encore parlé de Susannah. C'est une ancienne chirurgienne. Côté caractère, elle semble d'abord un peu introvertie mais, en réalité, elle est très à l'écoute des autres. L'inverse d'une autocentrée. Évidemment, personne ne peut l'être ici. Dans cet espace restreint, nous n'avons pas le choix. Quelles que soient nos affinités, nous devons nous serrer les coudes.

Ah, et quelques mots sur Anton... qui m'intrigue particulièrement. Avant tout ça, il était ingénieur informatique. J'avoue qu'à mon arrivée sur l'ISS, son regard noir m'a tout de suite happée. Mais gaffe gaffe, ici c'est pas « L'Amour est dans le pré » ou je ne sais quelle émission de télé-réalité et on n'est pas là pour former des couples (je ris toute seule). En plus, Anton est marié (c'est beaucoup moins drôle). Quant à John, c'est un ancien pilote de ligne et pilote de chasse. Voler, c'est toute sa vie. Côté caractère, c'est un vrai clown. On rigole bien avec lui.

J'ai réglé ma montre automatique sur l'heure de Paris. Elle m'indique 21 heures. En ce moment même, sur Terre, dans le treizième, sur la scène du conservatoire municipal Maurice-Ravel, mon fils de onze ans est assis devant un piano noir et ses doigts courent sur les touches. En compagnie d'un de ses amis violoncelliste, Théo est en train de jouer le « Trio n° 2 » D. 929 opus 100 de Schubert devant une assemblée de parents d'élèves du conservatoire. Je ne le vois pas, mais je l'imagine. J'aimerais être à la fois ici et en bas avec lui… À défaut, je viens de poser mon casque sur mes oreilles et d'enclencher le morceau de Schubert (il me rappelle toujours ce film avec David Bowie et Catherine Deneuve, « Les Prédateurs »). Lorsque je ferme les yeux, je vois mon Théo le dos tout droit, l'air concentré… et ses yeux clairs qui suivent la partition avec application. J'ai vraiment hâte de regarder la vidéo que son père m'enverra. Et puis je me dis que mon fils me jouera son morceau en live dans quelques mois, lorsque je reviendrai sur Terre.

ÉRÉMOS

49E JOUR PERPÉTUEL DE L'AN 376 AGS

Les rails s'étiraient des chantiers ouverts dans le désert jusqu'aux abords de la Cité. Chaque année, la population d'Érémos augmentait et la ville grossissait. En trouvant de nouvelles sources et en creusant de nouveaux puits, les Hydros créaient des oasis de plus en plus nombreuses, grignotant peu à peu le désert. Lisbeth abaissa le levier de frein et, d'un bond, les trois Hydros descendirent du chariot. Rune, visiblement pressé de rentrer, les salua et fila.

– T'as vu ? fit Sverre en désignant à Lisbeth l'estrade qui était en train d'être montée sur la Grande Place du Soleil.

Un vent chaud s'était levé, soufflant une poudre presque rouge qui provenait du désert de Dallol. Lisbeth épousseta nerveusement sa tunique. L'estrade de couleur jaune était celle des Grandes Cérémonies d'Investiture. Ce qui signifiait qu'un des six Aveugles venait de mourir. Un jeune, choisi parmi les enfants des Élus, allait le remplacer.

Dans le même temps, un individu serait sacrifié au Soleil et, comme toutes les autres cérémonies, celle-ci serait l'occasion d'une grande fête. La plupart des Érémosiens aimaient chacun de ces moments qui les tiraient de leur routine, prétextes aux quatre rotations chômées et à de grands banquets. Ce n'était pas le cas de Lisbeth.

– Déjà une nouvelle Investiture…

– La dernière remonte quand même à six ans, lui fit remarquer son coéquipier.

Elle se garda d'ajouter qu'elle aurait préféré ne pas s'en souvenir. Du haut de ses dix ans, la jeune Lisbeth avait trouvé le spectacle cruel et avait passé le plus long de la cérémonie blottie contre sa mère.

– *Six Aveugles vivants pour repousser la Nuit. Pas un de plus pas un de moins*, récita Sverre.

– Ils vont l'inhumer dans les sous-sols du Palais, c'est ça ?

– Au-dessus des restes des Pères Fondateurs.

– Un jour, j'aimerais voir cet endroit, murmura Lisbeth pour elle-même, mais Sverre l'avait entendue.

– Je ne vois pas comment tu pourrais. Seuls les Aveugles et les Élus peuvent participer à cette cérémonie.

– C'est quand même bizarre. Je ne comprends pas pourquoi les Aveugles sont enfermés sous la terre tandis que nous, quand on meurt, on nous installe face au Soleil.

– Tu te poses trop de questions, Lisbeth…

Ils reprirent leur marche et s'enfoncèrent bientôt dans le réseau complexe de ruelles que les Érémosiens avaient peu à peu tranché dans le sol calcaire. En passant à l'ombre, Sverre ôta sa visière et la rangea dans son sac.

– Tu viens avec moi au marché ?

Lisbeth secoua la tête.

– Je dois aller récupérer mes Sols. Je n'ai plus rien.

– OK, on se voit à la prochaine rotation. Repose-toi bien en attendant…

– Toi aussi. Et surtout, félicite Siren de ma part !

– Je n'y manquerai pas ! lança joyeusement Sverre, avant de s'éloigner.

Lisbeth se dirigea vers un des guichets tenus par un Compteur et un Milicien. Tout en marchant, elle repensait au jeune homme roux qu'elle avait croisé au marché. Elle essayait de visualiser son visage, mais ne parvenait à se remémorer que sa peau lumineuse et ses incroyables yeux verts qui lui rappelaient la couleur du pendentif d'Hélin. Perdue dans ses pensées, elle se plaça derrière une dizaine de personnes qui faisaient la queue.

– Noireté ! jura le Nettoyeur qui venait de récupérer une minuscule liasse de Sols.

Lisbeth tâta sa peau, parcourant de ses doigts le creux entre ses deux clavicules. Elle avait le sentiment qu'en portant ce scarabée qui lui faisait tant envie, elle paraîtrait plus grande, plus… adulte. Mais peut-être avait-elle cette impression parce que Hélin, âgée de trois ans de plus qu'elle, faisait plus « femme », avec ou sans pendentif…

C'était son tour de s'approcher du guichet. Sur le fond de la cahute était affiché le nom de l'Aveugle qui venait de mourir ainsi que le temps de sa charge au Palais.

Göran, Aveugle de la trois cent quarante-sixième à la trois cent soixante-seizième année après le Grenier Sacré, lut-elle.

Le Compteur, vêtu d'une tunique couleur sable sur laquelle était brodé un Soleil enfermé dans un cercle, releva la tête de ses registres et la considéra, attendant qu'elle se présente.

– Hallo, je suis Lisbeth, Hydro de la troisième rotation.

Il chercha rapidement son nom dans le registre, fit glisser son index sur une ligne, lut ce qui était inscrit dans les colonnes d'à côté puis, enfin, il lui annonça :

– Bon travail. Dix Sols.

Il compta soigneusement les bons d'échange, puis lui tendit la petite liasse.

– Pour toi Lisbeth qui fait vivre Érémos, Érémos te donne de quoi vivre.

– Je remercie notre Soleil bien-aimé qui nous nourrit, récita-t-elle à son tour avant de s'en aller.

En rentrant chez elle, Lisbeth trouva la porte entrouverte et crut que sa mère était rentrée. Elle s'avança toute joyeuse mais ressentit une grande déception en se retrouvant face à une jeune fille aux cheveux blonds qu'elle ne connaissait que trop bien. C'était Hélin, la jeune Pêcheuse que sa mère avait formée et qui, dans l'esprit de Lisbeth, avait pris sa place auprès de cette dernière...

– Qu'est-ce que tu fais ici ? lui demanda froidement Lisbeth, tandis que ses yeux ne pouvaient s'empêcher de dériver jusqu'au scarabée qu'elle portait autour du cou.

Assise sur un de ses deux tabourets métalliques, reliques rouillées que les Nettoyeurs avaient extirpées des profondeurs du désert, Hélin la fixa un moment sans répondre. Sa tunique, épinglée du carré vert de la quatrième rotation des Pêcheurs, s'assortissait aux reliefs irisés du scarabée.

– Tu ne dis rien ? Et pourquoi tu fais cette tête ?

– Ava... commença Hélin sans finir sa phrase.

Malgré la chaleur ambiante, un frisson glacé parcourut le dos de Lisbeth.

– Qu'est-ce qu'elle a ?

– Ava n'est pas rentrée.

Rejoindre les Brumes, être emporté par les courants.
C'est la destinée de tous les gens de ma famille.
Une crainte atavique.
Une sorte de malédiction.

– Ma mère m'a dit qu'elle partait pour une grande rotation... Elle est peut-être juste un peu en retard ?

– Il n'empêche qu'elle aurait déjà dû rentrer.

– Qu'est-ce qu'on peut faire ?

– Demain, je longerai la côte pour voir si elle a pu s'échouer plus bas.

Bien sûr, Lisbeth se rappelait cette fois où sa mère avait été emportée par les courants et s'était retrouvée bloquée plus au sud. Elle était revenue à pied et il avait fallu remorquer son bateau.

– On a neuf rotations avant de déclarer la disparition, c'est la règle. Ensuite, le Consistoire…

– Je connais le protocole, la coupa Lisbeth, tendue.

Son regard se perdit dans le vide.

– C'est moi qui devrais prendre un bateau et aller la chercher, murmura-t-elle.

– Ne te torture pas, Lis.

– Ne m'appelle pas comme ça. Il n'y a que ma mère qui m'appelle comme ça.

Hélin se contenta de hausser les épaules.

– Comme tu voudras, Lisbeth. Bon écoute, je dois y aller maintenant mais je te promets que je vais passer tous mes prochains sabliers à la chercher. S'il le faut, je simulerai une panne pour gagner une rotation ou deux… et tant pis pour l'amende.

– Merci, répondit Lisbeth du bout des lèvres tandis qu'Hélin se levait, défroissait machinalement sa tunique et fourrait une main dans sa poche ventrale.

– Mais avant de partir…

La jeune Pêcheuse lui tendit une petite enveloppe cachetée.

– Je préfère te donner ça maintenant. On sait jamais. Si je suis la prochaine…

– Qu'est-ce que c'est ?

– Il y a quelque temps, Ava m'a demandé de te remettre cette enveloppe le jour où elle ne rentrerait pas. J'espère de tout mon cœur que tu n'auras pas à l'ouvrir.

Journal de bord de l'ISS

Samedi 28 juin 2025

10 h 00

Notre vedette internationale doit nous « frôler » vers les 15 heures.

2025LM132 n'est pas un astéroïde ordinaire mais un monstre de huit cents kilomètres de diamètre, presque un quart de celui de la Lune. Frôler est un bien grand mot car la grosse bébête va quand même passer à presque 400 000 kilomètres de notre planète... Ici, nous sommes à la fois solidaires des Terriens et très loin physiquement. Nous pensons tous à nos familles en bas et, en même temps, suivre ces informations en direct depuis notre bulle spatiale est très étrange. Même si le risque de collision est quasi nul, cela frise carrément l'hystérie sur Terre. Les journalistes vont interviewer des gens qui se barricadent dans leurs bunkers, construits par milliers, à cause des épidémies de ces dernières années... La police se déploie un peu partout pour maîtriser les débordements de grandes manifestations de fin du monde, d'attaques de supermarchés et d'immenses raves-parties illégales. À croire qu'il n'y a plus que deux sortes de gens avant le grand saut : ceux qui veulent gesticuler et ceux qui veulent se terrer.

Hâte qu'il soit passé et que le monde redevienne sensé.

De mon côté, si la fin du monde était vraiment programmée, je crois que je serais plutôt du genre contemplative. M'asseoir sur un tapis d'herbe serrée contre ceux que j'aime, à déguster un verre de vin rouge et à écouter les derniers chants d'oiseaux...

12 h 00

Après avoir posté quelques vidéos de la station sur Instagram (John et Anton qui jouent au ping-pong avec une balle en eau, John tout seul jouant « Caravan » à l'harmonica, Sacha et ses minuscules salades, Susannah qui essaye de laver ses cheveux longs dressés au-dessus de sa tête...), j'ai envoyé un message à Théo. Il est avec son père. Nous ferons un Skype à 16 heures. Je parie que Guillaume a sorti sa lunette d'astro sur la terrasse de son appartement et que Théo et lui sont en train de boire une limonade et de grignoter du pop-corn maison en attendant l'événement. Il me tarde de l'entendre me raconter sa journée et de lui raconter la mienne.

13 h 30

Je crois qu'Anton a vu que j'étais un peu stressée. Il m'a proposé que nous cuisinions ensemble. Quand je dis cuisiner... Ici, la plupart du temps, on empile comme on peut le contenu de boîtes de conserve ou de sachets sous vide. Bref, c'était pas de la grande cuisine, mais ça m'a quand même fait du bien de partager un de mes hamburgers de l'espace avec lui. C'est une recette spéciale à base de tacos, tomates et haricots rouges en boîte. Très difficile de manger ce truc proprement et c'est aussi pour ça que nous avons retrouvé le sourire. La dernière bouchée avalée, Anton m'a dit qu'il devait repartir bosser. Ses instruments de mesure étaient prêts et il était au taquet pour faire des enregistrements sur les mouvements de l'astéroïde. Dans son œil, je n'ai vu que de l'excitation, pas un brin d'angoisse.

ÉRÉMOS

50E JOUR PERPÉTUEL DE L'AN 376 AGS

Lisbeth voyait sa mère et Hélin s'éloigner ensemble sur le bateau d'Ava. Elle les regardait voguer depuis le ciel, comme si elle, Lisbeth, n'existait plus vraiment ou qu'elle était devenue un oiseau… Puis, ce fut elle qui se retrouva seule sur le bateau, cramponnée à la barre, embarquée malgré elle vers le rideau sombre et poisseux des Brumes. Un bruit métallique retentit et une enveloppe chuta du ciel et tomba dans l'eau noire. Il y eut un deuxième bruit, puis des dizaines, des centaines, des milliers d'enveloppes se mirent à tourbillonner autour d'elle. Chaque fois qu'elle lâchait la barre pour tenter de les attraper, elle les ratait. Dès qu'elles touchaient la surface de l'eau, des poissons-vipères les engloutissaient, n'en faisant qu'une bouchée…

Au troisième coup métallique, Lisbeth se réveilla en sueur, le cœur battant et la nuque raide. La couche de sa mère était toujours vide et ses draps de chanvre impeccablement lissés. Habituellement, lorsque Lisbeth se levait pour se préparer, elle était obligée de faire tout doucement, car Ava, qui travaillait sur la quatrième rotation, était alors en plein milieu de son temps de sommeil… Le deuxième sablier de repos de Lisbeth était le seul moment durant lequel elles pouvaient échanger. C'était court, mais tellement précieux. Tout autant que de voir le visage endormi de sa mère à son réveil…

Lisbeth soupira, se leva, ôta le tissu opaque qui empêchait la lumière du Soleil de rentrer par la petite lucarne ronde du plafond, se prépara avec des gestes automatiques et sortit de chez elle en espérant que le travail atténuerait son angoisse.

Pendant toute sa rotation, Lisbeth pensa à l'enveloppe qui dormait dans la poche intérieure de sa tunique. Elle avait l'impression que ce fin morceau de papier l'empêchait de bien respirer, qu'il lui brûlait la peau. Elle avait beau faire tous les efforts pour se concentrer sur son travail, des questions finissaient toujours par revenir en bouquets dans sa tête.

Pourquoi cette lettre ?

Pourquoi mettre Hélin dans la confidence ?

– Ça va, jeune fille ? lui demandait Sverre dès que le moteur du troue-terre se taisait.

Et chaque fois, elle hochait tristement la tête. Tant que rien n'était officiel, elle n'avait pas envie de parler de tout ça, même pas à Sverre. Bien sûr, ce dernier n'était pas dupe, mais il n'insistait pas. Il savait que Lisbeth finirait par venir le trouver si elle avait besoin de lui.

Comme toute rotation, celle-ci se termina. Ils montèrent tous les trois sur le chariot et Rune et Sverre échangèrent quelques mots sur l'organisation à venir. Assise tout près d'eux, Lisbeth les entendait parler sans vraiment saisir le sens de leurs paroles. Discuter lui semblait au-dessus de ses forces. Bercée par les grincements réguliers des roues du wagonnet, elle regardait défiler l'étendue désertique. La monotonie du panorama était à peine interrompue par l'embranchement des rails provenant de la mine de fer de Monaï. La masse imposante de la fonderie se profilait à l'horizon, et les fumées s'échappant de ses deux cheminées ne lui avaient jamais paru aussi menaçantes. Le wagonnet finit par l'atteindre et stoppa pour accueillir quatre Métallos qui avaient terminé leur travail et rejoignaient la Cité. Mutique, Lisbeth se mit à fixer leur écusson orange. Elle se sentait épuisée comme jamais.

En descendant du wagonnet, Lisbeth préféra laisser les Métallos et ses coéquipiers marcher devant. Sverre, qui était en grande conversation avec Rune, lui jeta à peine un coup d'œil avant de disparaître dans les ruelles. Lisbeth lui en fut reconnaissante. Sans l'avoir prémédité, elle dévia légèrement sa route. Alors qu'elle s'éloignait des limites de la Cité, le Soleil glissa de son côté droit jusque dans son dos. Bientôt, le sol se colora çà et là de touffes vertes. Des fougères. Elle se rappela à quel point elle aimait observer leurs longues feuilles aux courbures dentelées. Prise par le rythme incessant et répétitif de son existence, cela faisait très longtemps qu'elle n'avait pas pris le temps de venir jusqu'ici...

Un peu plus loin, les grands pins, penchés du côté du Soleil, semblaient marcher vers elle et, lorsqu'elle passa sous la canopée, l'odeur résineuse diffusée par les bourgeons la plongea dans une profonde nostalgie. Lorsqu'elle était encore Pêcheuse, elle passait par ici avec sa mère pour se rendre jusqu'au port. Sentant les larmes monter, elle pressa le pas. Après les arbres, Lisbeth trouva les arbustes, les tamaris, puis le sable parsemé de quelques oyats, les galets et enfin l'eau. D'ici, elle pouvait apercevoir le port et son agitation incessante. Il suffisait de remonter la plage en direction de l'ouest pour s'y rendre. Mais elle avait besoin de solitude et préféra descendre plus à l'est jusqu'à un tronçon de plage vierge de toute installation humaine.

Là, les souvenirs affluèrent. Après leur rotation, sa mère et elle avaient souvent fait halte ici. Elles y avaient fouillé le sable, en quête de coquillages. Lisbeth sentit un sourire se dessiner sur ses lèvres lorsqu'elle se remémora comment sa mère lui avait appris à pêcher des couteaux. Elle lui avait fait mettre un peu de sel dans les deux petits trous qui pointaient comme deux narines dans le sable mouillé et lui avait proposé de se pencher pour écouter leur respiration. Lisbeth s'était innocemment exécutée et elle s'était pris une giclée d'eau de mer dans l'oreille. Après avoir un peu grogné de vexation, elle avait éclaté de rire. Et sa mère aussi.

Ces souvenirs lui semblaient déjà si lointains. Lisbeth s'arrêta pour observer les vagues qui léchaient paresseusement le rivage. En mourant sur le sable, ces dernières formaient une mousse blanchâtre, écumeuse comme de la bave.

Et si la mer des Nuées était une grande, une immense bouche ? se dit-elle en frissonnant.

Elle sentait les embruns qui voltigeaient jusqu'à son visage et caressaient sa peau. Cette immense étendue d'eau avait déjà avalé tant de corps… Y avait-il une âme dans chaque gouttelette, comme le prétendait la légende ? Tentant de chasser l'angoisse qui montait en elle, Lisbeth prit une grande inspiration. À l'inverse, elle se sentit happée par l'étendue sombre et mouvante de la mer. Et, pendant un instant, elle eut la terrible sensation que son âme était emportée plus loin, par-delà les flots scintillants, où l'eau bleu foncé disparaissait derrière l'épaisseur des Brumes.

Les Nuées.

Ce nom avait été donné jadis en souvenir de la multitude d'ancêtres qui y avaient péri. Si cette mer n'avait pas regorgé de poissons à la chair nourrissante, personne n'aurait continué à s'y aventurer en raison de son histoire, des forts courants contraires et des poissons-vipères. Porter l'écusson de Pêcheur, c'était s'engager dans un travail dur et dangereux, c'était rejoindre une confrérie soudée au rythme des disparitions en mer. Néanmoins, Lisbeth avait longtemps eu du mal à comprendre pourquoi sa mère avait demandé son transfert dans le corps des Hydros. D'abord, elle avait eu l'impression d'être abandonnée, puis elle s'était sentie triste d'avoir été aussi vite remplacée par Hélin. Grâce à Sverre, elle avait peu à peu aimé son métier, mais cette blessure n'avait jamais entièrement disparu…

Le poids, plus imaginaire que réel, de l'enveloppe pesait sur sa poitrine, l'oppressait. Lisbeth se déchaussa pour sentir le sable rouler sous ses plantes de pieds. Puis, doucement, tout doucement, elle sortit le pli de sa poche. Une bourrasque tenta de le lui arracher. Elle se remémora son rêve et se mordit la lèvre.

L'ouvrir équivalait à accepter que sa mère ne reviendrait plus.

Elle remit l'enveloppe dans sa poche et repartit en direction de la Cité au moment où le deuxième coup de la quatrième rotation retentissait. Il lui restait le temps d'un sablier pour rentrer chez elle, ce qui était amplement suffisant.

Journal de bord de l'ISS

Dimanche 29 juin 2025

† † † † † † † †
† † † † † † † †
† † † † † † † †
† † † † † † † †
† † † † † †

Compter les morts
J'ai commencé à compter mes morts
Théo
Mon Théo
Mon Théo
Je ne sais même pas comment je trouve encore la force d'actionner mon stylo
À quoi bon
Pourquoi continuer
À qui est-ce que je m'adresse

Qui pourra lire ce carnet
Je ne peux pas
Je n'y arrive pas
Je n'y arriverai pas
En bas, tout le monde est mort
Mon merveilleux fils
Guillaume, l'homme que j'ai aimé pendant dix ans, et tous les miens
Comment est-ce possible
Mon père, seul chez lui
Mes amis
Mes collègues
Hilda, du cosmodrome
Stephen, de la Nasa
Et tous les autres
Tous, tous, tous les autres
Cette nuée d'êtres humains

ÉRÉMOS

51E JOUR PERPÉTUEL DE L'AN 376 AGS

Le tintement de son garde-temps tira difficilement Lisbeth de son sommeil. Elle avait passé ses huit sabliers de repos à imaginer Hélin parcourant la côte à la recherche d'Ava. En vain. Et maintenant, le silence de la maison qu'elle appréciait habituellement lui tapait sur les nerfs. Être chez elle à attendre lui donnait un désagréable sentiment d'impuissance.

Au travail, Lisbeth n'ouvrit quasiment pas la bouche, se contentant d'accomplir ses tâches les unes après les autres. Sverre non plus ne semblait pas dans un bon jour. Ils se fichèrent mutuellement la paix. Quant à Rune, voulant toujours faire mieux, il redoubla de concentration sur son travail.

Après sa rotation, Lisbeth bifurqua une nouvelle fois vers la côte. Elle se sentait mal et n'avait aucune envie de rentrer chez elle. Elle ne voulait que deux choses : sentir les embruns et scruter la mer. Au fond, elle nourrissait aussi un espoir, celui de repérer un petit point sur l'horizon, puis de voir grossir ce point et enfin de constater que c'était sa mère qui rentrait.

Cette fois, elle poussa jusqu'au port et se rendit jusqu'à l'emplacement du bateau de sa mère. Elle avait besoin de constater par elle-même que la place était vide. Autour d'elle, les Pêcheurs s'activaient, allant et venant du port vers la Cité, transportant leur poisson sur des charrettes à bras, lavant leurs bateaux ou reprisant leurs filets. Certains la reconnaissaient et la saluaient discrètement par empathie. La plupart savaient qu'Ava, Pêcheuse de la première rotation, n'était toujours pas rentrée et qu'il y avait désormais peu de chances qu'elle revienne. Lisbeth n'aima pas les regards qu'ils lui lançaient. Elle lisait dans leurs yeux qu'ils pensaient que sa mère était déjà morte… Elle préféra repartir rapidement et regagner la partie inoccupée de la plage. Là, les deux pieds enfouis dans le sable jusqu'aux chevilles, elle demeura longtemps debout face à la mer. Elle finit par s'asseoir dans le sable et se laissa bercer par le ressac. Durant tout ce temps, elle vit passer quelques bateaux de Pêcheurs mais, bien sûr, jamais celui qu'elle attendait. À défaut, elle se remplit de la contemplation du vol des oies et des goélands et, quand son humeur lui fit baisser la tête, elle suivit un moment le chemin que les insectes traçaient dans le sable.

Ça ne sert à rien.
Et il faut que je rentre.

D'ailleurs, avait-elle entendu un ou deux sabliers retentir dans les hauteurs de la Cité ? Elle n'était plus sûre... Il valait mieux rentrer tout de suite... Les épaules basses, Lisbeth parcourut le chemin à rebours. À peine pénétra-t-elle dans le labyrinthe des ruelles d'Érémos qu'elle sentit une chape de chaleur recouvrir ses épaules. La Saison des Orages n'était pas encore là et pourtant déjà elle étouffait, et pourtant déjà le ciel lui manquait. Mais elle n'avait pas le choix. Elle devait rentrer chez elle. Alors qu'elle marchait, hésitante, un Milicien l'arrêta.

– Tu devrais être en train de dormir, Hydro, lui dit-il après avoir observé son écusson.

– J'y vais tout de suite.

Elle fit un pas pour s'en aller mais il posa la main sur son épaule pour l'en empêcher.

– Pas si vite. Dis-moi ton nom.

Il sortit un carnet et un crayon de sa besace.

– Lisbeth, Hydro de la troisième rotation.

Il écrivit quelques mots puis lui annonça :

– Ce sera deux Sols en moins sur ta prochaine remise de bons d'échange. Et maintenant, dépêche-toi d'aller te reposer.

Noireté ! pensa Lisbeth, en se gardant bien de répondre au Milicien. Puis elle s'en alla en traînant le pas, les yeux fixés sur le sol sableux. Emplie d'une intense mélancolie, elle réalisa que sa mère ne vieillirait pas comme elle l'avait imaginé. Elle n'irait jamais dans la Forêt des Âgés. Elle ne profiterait pas de cette vie agréable dans ces cabanes de surface construites sous les arbres… Car, sur Érémos, le repos n'arrivait qu'en fin de parcours. Nourris par les Érémosiens actifs, les Âgés n'avaient plus rien d'autre à faire que de coudre les écussons sur les tuniques à tour de rôle et au rythme qui leur plaisait. Le reste du temps, ils se reposaient, écoutant le chant des oiseaux et le murmure de la mer. Perdue dans ses douloureuses pensées, Lisbeth finit par percuter un passant.

– Oh ! Je… Je suis désolée ! fit-elle en reculant d'un pas.

– Pas moi ! lui lança le jeune homme aux longs cheveux roux qui lui faisait face.

– On s'est déjà croisés…

– … devant de beaux scarabées.

Semblant apercevoir quelque chose derrière elle, le jeune homme tendit sa main vers son oreille. Entre son pouce et son index, il fit apparaître une rose du désert qu'il lui offrit en exécutant une courbette. Désarçonnée, Lisbeth saisit la fleur et fixa le jeune homme sans rien dire, s'arrêtant peut-être un peu trop longtemps sur ses iris d'un vert somptueux. Il devait avoir à peu près son âge et sa peau blanche l'impressionnait. Cette carnation était l'apanage de ceux qui avaient été sélectionnés pour apprendre davantage que la lecture et l'écriture rudimentaires, par exemple les Transmetteurs qui enseignaient ou les Ingénieurs qui travaillaient sur les plans des machines, ou encore ceux qui travaillaient dans l'Administration...

– Hallo, je suis Lisbeth.

– Et moi Viggo.

– Je suis Hydro de...

– ... la troisième rotation, oui je le vois sur ton écusson, lui dit-il en souriant largement.

– Et toi ? Tu n'en portes pas ?

Il se racla la gorge.

– Je travaille dans l'Administration mais, pour le moment, je suis multitâches. Je gagnerai mon écusson très prochainement.

Il désigna son cou.

– Je vois que tu n'as toujours pas de pendentif autour du cou...

– Ça fait beaucoup de Sols et...

Lisbeth ne termina pas sa phrase. Elle venait de voir le Milicien qui l'avait rappelée à l'ordre.

– Désolée, Viggo, mais il faut que je rentre tout de suite chez moi.

– D'accord, j'espère que nous aurons une autre occasion de nous voir, répondit-il, visiblement déçu de la voir partir si vite.

– Tu commences à connaître mes habitudes… Tu sauras où me trouver ! lui lança-t-elle dans un sourire avant de se mettre à courir.

Journal de bord de l'ISS

3 juillet 2025

Cinq jours depuis l'impact.

Cinq jours irréels à flotter dans l'espace.

Cinq jours de pleurs, de silences, de cris.

Aucune discussion sensée.

Nous sommes comme des fous volants enfermés dans une cage.

Je ne sais pas comment j'ai remis ce stylo entre mes doigts, ni quelle force me pousse à le faire glisser sur le papier. Je sens seulement qu'il faut que je décrive ce que nous avons vu. Même si nous avons moins d'un pour cent de chances de nous en tirer et même si nous avons moins d'un pour cent de chances de trouver des survivants, il faut que quelqu'un raconte ce qu'il s'est passé. Et s'il y a une chose dont je suis sûre, c'est que je suis la seule ici à tenir un journal de bord.

Alors voilà...

Nous savions déjà que 2025LM132 était monstrueux avec un diamètre de huit cents kilomètres, mais nous n'avions aucune idée de sa densité. Or, il s'est révélé bien plus massif que prévu, sans doute avec un noyau métallique, entraînant une énorme perturbation de la gravité locale. Le monstre a dévié sa route et, en une fraction de seconde, tous nos calculs sont tombés à l'eau.

Dans l'attente du spectacle, nous nous étions agglutinés derrière la verrière de la Cupola, fascinés par cet objet brillant qui se rapprochait de la Terre. John, qui avait commencé à jouer « Il était une fois dans l'Ouest », est brutalement redevenu sérieux et a rangé son harmonica dans sa poche. Figés, nous regardions grossir l'astéroïde à vue d'œil d'une façon quasiment irréelle. De notre position, nous pouvions voir la Lune poursuivre sa course vers le bas, bientôt cachée par la Terre, ainsi que l'astéroïde dont la vitesse paraissait plus grande à chaque seconde. Excités, fascinés par ce spectacle inédit, nous ne pouvions pas nous empêcher de hurler comme des gamins, encourageant la Lune à se cacher derrière l'horizon.

Si nous avions su...

L'impact a été terrible.

Comment le décrire ? La Lune a explosé. Une explosion lente qui l'a divisée en deux parties. Emportant un des morceaux avec lui, l'astéroïde a disparu dans un nuage brillant derrière l'horizon terrestre. Les effets ne se sont pas longtemps fait attendre. Un brusque changement de gravité nous a plaqués contre les parois de l'ISS pendant des minutes interminables, nous donnant l'impression que la station avait quitté son orbite et que nous plongions vers la Terre. Lorsque ça s'est enfin arrêté, nous nous sommes de nouveau retrouvés en apesanteur, cernés par les sonneries stridentes des systèmes d'alerte de la station. Nous nous sommes tous regardés, l'air hagard, étonnés d'être toujours accrochés dans le ciel.

Choqués et nauséeux.

Anton a été le premier à réagir. Il a tenté de les contacter en bas, je veux dire la Nasa, SpaceX, les Japonais, les Chinois et tous les autres...

Mais il était déjà trop tard.

Plus personne ne répondait.

Et pour cause.

Sur Terre, commençait un gigantesque raz-de-marée.

Aucun film catastrophe n'avait jamais imaginé de telles vagues.

Tout simplement parce que de telles vagues étaient inimaginables.

En se déplaçant, la masse des océans a déformé l'équateur. Dans le ciel, le déplacement rapide des masses nuageuses a formé de larges traînées, témoignant de vents d'une vitesse inconnue à ce jour. Et puis nous avons vu les lumières des villes s'éteindre, les unes après les autres...

« Où est l'Amérique ? a brusquement hurlé Anton. Putain ! Je vois plus l'Amérique ! »

Plus personne ne voyait l'Amérique parce qu'elle était sous une hauteur d'eau monstrueuse, écrasant tout sur son passage. Ensuite, ça a été le tour de l'Europe. Sous l'eau. Puis, de l'Asie. Sous l'eau. Enfin, de tout le globe. Enfoui sous des kilomètres d'eau. Puis, le flux s'est redéplacé et certains continents sont réapparus... Comme une sorte de faux espoir... Car bien sûr, nous avions déjà compris que tout le monde était mort en bas. Cette fois, hommes et bêtes étaient à la même enseigne. Personne ne pouvait survivre à de telles vagues !

Nous étions livides, sidérés.

C'était comme si notre sang refluait, comme si notre corps était exsangue.

Nous aurions dû mourir de chagrin. Malheureusement, nos corps surentraînés ont tenu.

Tout ça pour quoi ?

Pour voir la vie sur Terre s'éteindre aussi vite qu'une flamme sur laquelle on jette un verre d'eau ?

Un verre d'eau sur une flamme...

ÉRÉMOS

52E JOUR PERPÉTUEL DE L'AN 376 AGS

C'était le dernier jour. La dernière rotation était passée et Lisbeth n'avait toujours aucune nouvelle de sa mère. Après son travail, elle courut directement jusqu'à l'étal qu'Ava tenait habituellement avec Hélin. Mais la jeune Pêcheuse était seule sur le stand.

– Alors ?

Hélin la fixa un instant puis elle se contenta de secouer tristement la tête.

– Je suis allée bien au-delà de la zone où elle jette ses lignes…

– Il reste un espoir ?

– Je voudrais te dire que oui, mais je ne crois pas.

Lisbeth ressentit une sorte de vertige. Elle ne pouvait pas imaginer qu'elle ne reverrait jamais sa mère. C'était trop brutal, trop inattendu. Ça semblait irréel. Mais il lui restait l'enveloppe. Sa mère lui avait laissé un message et elle voulait croire que ses derniers mots lui apporteraient un peu de réconfort.

Assise en tailleur sous la petite fenêtre ronde, Lisbeth avala quelques gorgées de lait de figue. La lumière du Soleil, filtrée par le verre grossier et légèrement vert, illuminait l'enveloppe qu'elle venait de poser devant elle. Elle était sur le point de l'ouvrir lorsqu'on frappa trois coups secs à la porte. Craignant une visite de la Milice, elle jeta un rapide coup d'œil près de son lit pour s'assurer qu'aucun objet trouvé dans le désert ne traînait par terre. Elle rangea l'enveloppe dans la poche de sa tunique et alla ouvrir.

– Sverre ?

– Je crois que la Nuit est sur moi, lui dit-il en entrant chez elle.

– Qu'est-ce que tu racontes ?

– Une sacrée noireté...

Sverre était essoufflé comme s'il avait couru et il avait une drôle d'haleine. L'inquiétude le rendait pâle ou plutôt éteint. Lisbeth n'osait pas lui demander de poursuivre. Elle le laissa s'asseoir sur un des tabourets en métal. Là, il se frotta les tempes puis donna soudain un coup de poing sur la table qui fit sursauter Lisbeth. Il sortit une fiole de son sac de travail, la déboucha et avala une rasade de mahia, cet alcool fort fabriqué à base de dattes et qui coulait à flots lors des fêtes. Ceci expliquait cela. Elle fronça les sourcils.

– Sverre ?

– Ouais ? répondit-il, le regard brumeux.

– Je croyais que tu avais arrêté.

Il se contenta de hausser les épaules.

– Dis-moi ce qu'il se passe…

Son regard chavira.

– Ce sont les jumeaux.

– Ils vont bien ?

– Oh oui ils vont bien ! Enfin, d'après Siren et moi…

– Que veux-tu dire ? L'examen s'est mal passé ?

– Les médecins ont détecté un problème sur le deuxième-né.

– Quel problème ?

Sverre resta un moment la tête penchée, fixant le sol en terre battue sans rien dire, puis il leva son regard vers Lisbeth.

– Il semblerait qu'il soit sourd…

Lisbeth savait ce que cela voulait dire. Réunis en Consistoire, les Élus et les Aveugles contrôlaient les citoyens de la naissance à la tombe. Chaque nouveau-né était examiné par un de leurs médecins afin de déterminer si on pouvait lui permettre de vivre. Toute anomalie décelée était rédhibitoire. Depuis toujours, la Cité considérait que les faibles n'avaient pas leur place dans la construction d'Érémos et tous les nouveau-nés ne paraissant pas en pleine santé étaient impitoyablement éliminés. Prochainement, la Milice viendrait récupérer l'enfant à la Pouponnière et on ne le verrait jamais plus. Il serait *solarisé*, un joli mot pour signifier qu'on offrirait son corps au Soleil en le jetant dans le désert invivable de Dallol...

– C'est injuste ! Je suis sûre qu'un sourd peut autant travailler qu'un Aveugle ! se révolta Lisbeth.

– Parle plus bas, on pourrait t'entendre...

– Mais qu'est-ce qu'on peut faire ? insista-t-elle.

– Pas grand-chose.

Sverre était terriblement malheureux mais il semblait résigné. Siren et lui avaient déjà perdu un enfant de la même manière et pour le même handicap. Ils avaient attendu des années avant de retenter une grossesse et voilà que la noireté les rattrapait encore une fois.

– Je suis aussi venu te dire que je suis désolé pour ta mère, Lisbeth.

– Tu es déjà au courant ? s'étonna-t-elle.

– En revenant du Dédale, j'ai vu son nom inscrit sur le Grand Tableau, s'expliqua-t-il. Sa Cérémonie de Transformation est annoncée pour le cinquante-quatrième JP.

– Quoi ? Si vite ?

Tandis que Lisbeth fermait les yeux le plus fort possible, faisant le vœu d'être endormie et en train de faire un cauchemar, elle sentit la main de Sverre sur le sommet de son crâne.

– Je suis triste et tu es triste. Mais *rien ne peut se mettre au-dessus…*

– … *des règles de la Cité* ! Oui, ça, on a compris ! s'agaça-t-elle.

– On ne peut rien contre la noireté, marmonna Sverre en avalant une énième gorgée de mahia.

Lisbeth laissa échapper une sorte de grognement. À Érémos, le Noir, ou plutôt la Nuit, avait toujours été synonyme de malheur. Jadis, dans l'Ancien Monde, la vie avait été balayée par les Nuées et emportée par la Nuit. Le Soleil perpétuel luttait contre ces forces obscures. Et, pour que son feu ne s'éteigne jamais, les Érémosiens le nourrissaient régulièrement de rituels. Ces enfants, considérés comme inutiles, étaient ni plus ni moins transformés en objets de sacrifice. Évidemment, Lisbeth savait déjà tout ça, mais cela ne l'empêchait pas de se sentir bouillir de l'intérieur.

– Excuse-moi, Sverre, je ne me sens pas très bien. Je crois que… Je crois que j'aimerais me reposer maintenant, lui dit-elle en se levant brusquement de son siège.

– Oui… Bien sûr…

Sverre se leva à son tour et se dirigea vers la porte.

– Dis à Siren que je suis vraiment désolée.

– Travailler, c'est ce qu'il nous faut pour oublier, dit-il encore avant de s'en aller.

Les épaules tendues, légèrement nauséeuse, Lisbeth retourna s'asseoir sous la petite fenêtre. Elle ressortit la lettre de sa poche et, les mains moites, elle fit glisser son index sur la cire figée. Cette fois, elle décacheta la lettre d'un coup sec. Sa bouche était sèche lorsqu'elle sortit la feuille qu'elle contenait. Tout en la dépliant, elle constata qu'en son milieu était griffonnée une seule et unique phrase.

Où est la Nuit ? lui demandait Ava.

Journal de bord de l'ISS

4 juillet 2025

En bas, il n'y a plus rien.

En haut, nous ne sommes plus rien.

Depuis l'impact, Sacha et John se sont contentés de boire nos réserves d'alcool. Je crois qu'ils dorment à présent. Susannah est la seule à ne pas avoir craqué. Je ne sais pas comment elle fait. Elle a consacré son temps à consoler Aya. Anton s'est replongé dans nos calculs. Il les a refaits plusieurs fois, sûrement pour être certain que cette horreur était réellement inévitable. Quant à moi, je suis restée un long moment pétrifiée devant la Cupola. Combien de temps ? Aucune idée. Tout ce que je sais, c'est que je ne pouvais pas détacher mon regard de la Terre. J'attendais un signe, une explication à ce chaos. Ou peut-être que je pensais voir les âmes monter vers le ciel ? Rejoindre les étoiles ? Oui, je crois que j'avais besoin de revoir, même une seconde, ces milliards d'humains qui avaient si brusquement disparu...

Bien sûr, aucune âme n'est montée jusqu'ici pour me dire adieu de la main à travers le verre transparent de la Cupola. Une météorite a percuté la Lune et notre monde est mort pratiquement en même temps que l'astre lunaire. C'était juste un mauvais alignement, une mauvaise conjoncture, un chaos banal à l'échelle de l'univers...

« Game over. »

L'inévitable culpabilité des survivants a suivi. Et les questionnements qui vont avec. Est-ce que ça aurait changé quelque chose de deviner que la météorite allait dévier ? Qu'aurions-nous pu faire pour empêcher ce désastre ? Envoyer une bombe à quatre cent mille kilomètres de distance ?

Tout ça est tellement absurde. Je nous revois, ridicules astronautes, massés les uns près des autres pour contempler ce monstre, pour assister à l'extermination de tous nos rêves alors que... alors que nous aurions dû être en bas et tenir la main de nos proches...

Je l'avoue, à un moment j'ai eu envie que la douleur s'arrête.

J'ai été tentée d'oublier ce que je venais de vivre.

J'ai pensé ouvrir le sas et laisser mes poumons se remplir du vide et du froid spatial.

Mais Anton est venu s'installer près de moi. Il a enroulé ses bras autour de mes épaules et on a flotté tous les deux pendant un moment dans le silence. Il n'a pas prononcé un mot. Il s'est contenté de me serrer contre lui et de rester avec moi. Longtemps. Très longtemps. À un moment, j'ai senti ma vision se brouiller. Des dizaines de petites perles translucides se sont mises à flotter devant mes yeux et il m'a fallu quelques secondes pour comprendre que c'étaient des larmes, mes larmes, qui s'échappaient au-dessus de moi, refusant de couler. J'ai voulu les attraper pour les faire disparaître, mais Anton m'a serrée plus fort dans ses bras et j'ai encore pleuré, pleuré, pleuré, jusqu'à ce que mon corps ne puisse plus fournir de liquide à mes yeux.

Et puis Anton m'a dit quelque chose comme ça : « Écoute-moi, Lucie. Nous sommes des astronautes. On nous a choisis pour notre capacité d'adaptation et notre résistance au stress hors du commun. Alors maintenant, il ne nous reste que deux choix. Soit on se laisse mourir dans l'espace, soit on redescend. » Je l'ai regardé comme s'il parlait en sanskrit. Ce qu'il me disait n'avait aucun sens. Pire, imaginer la suite de nos vies me semblait obscène ! Je suis sûre qu'il a vu le vide dans mes yeux rincés. Pourtant, il a continué à me parler. Il m'a dit qu'il y avait beaucoup réfléchi et qu'il pensait qu'on devait tenter quelque chose en bas.

Mes lèvres sont restées scellées.

Ma cervelle buggait.

De nouveau, j'y voyais flou.

ÉRÉMOS

53E JOUR PERPÉTUEL DE L'AN 376 AGS

La rotation de ce cinquante-troisième JP fut épuisante. Rune et Lisbeth durent se débrouiller à deux pour terminer à temps les préparations de terrain avant l'arrivée de l'équipe de la quatrième rotation. Car Sverre était absent. Probablement s'était-il fait arrêter en rentrant de chez elle. Être à la fois dehors sur son temps de repos et ivre avait dû lui coûter plusieurs Sols en plus d'un travail d'intérêt général. Le cœur serré, Lisbeth l'imagina en train de nettoyer les ruelles de la Cité sous la risée de ses concitoyens. À la pause déjeuner, Rune tenta de lui changer les idées en lui faisant deviner des dessins qu'il traçait dans le sable. Mais le cœur n'y était pas. Elle ressortit physiquement et mentalement vidée de sa journée de travail.

Sur le chemin du retour, elle fit tout de même une halte au marché. Derrière l'étal, Hélin avait les yeux rouges.

Lisbeth désigna de l'index un petit poisson à dix yeux. Puis elle tendit un Sol.

– Je te l'offre, lui dit doucement Hélin en repoussant sa main.

– Il n'y a pas de raison.

Hélin secoua la tête d'un air dépité et saisit le bon. Ce n'était pas la peine d'insister avec la fille d'Ava. Elle enroba le poisson dans un linge et le déposa dans le panier que cette dernière lui tendait.

– Tu as ouvert l'enveloppe ?

– Oui…

Comme souvent lorsqu'elle se retrouvait face à Hélin, Lisbeth se sentait tendue. Même cette gentillesse de toutes les circonstances l'agaçait. Et puis quoi ? Hélin croyait-elle qu'elle allait lui confier les dernières paroles de sa mère ? Ici ? Sur le marché ? Avait-elle perdu la tête ? Elle s'apprêtait à lui jeter une de ces questions à la figure lorsqu'un craquement, comme un écho à ce qu'elle ressentait, retentit au-dessus de leurs crânes. La Saison des Orages approchait. Elle apportait avec elle des orages violents et sans pluie. Après leur passage, la température augmentait invariablement. La plupart du temps, la foudre tombait dans le désert, mais il arrivait qu'elle détruise des habitations, qu'elle carbonise des arbres ou qu'elle tue des personnes.

– Tu devrais aller te mettre à l'abri, Lisbeth…

Cette dernière fit semblant d'arranger ses provisions dans son panier. Elle ne supportait pas quand Hélin essayait de la materner. Elle chercha quelque chose à répondre, mais la foudre tonna si fort qu'elle en profita pour s'éloigner.

Tout en marchant, elle pensa :

Le poisson à dix yeux vivait hier.

Maintenant, il ne vit plus.

Sa gorge se resserra.

Est-ce que ce poisson a vu des choses dans la mer des Nuées ? A-t-il nagé au-delà des Brumes et en est-il revenu ? Savait-il, avant de se prendre dans les filets d'Hélin, où se trouvait ma mère ? Est-ce que ma mère s'est noyée au moment où on le sortait de cette eau noire qui lui permettait de respirer ?

Des questions en pagaille s'engendraient les unes des autres et enflaient sous son crâne comme si une tempête s'y préparait. En dépit de l'orage magnétique, Lisbeth avait de nouveau envie de s'enfuir de la Cité, de traverser la forêt et d'aller scruter la mer. Elle était quasiment sur le point de faire demi-tour lorsqu'elle aperçut de longs cheveux roux. Elle s'avança pour taper sur l'épaule du jeune homme qui lui tournait le dos.

– Vi… ?

Son sourire s'éteignit lorsqu'elle constata que ce n'était pas Viggo.

– Désolée, Métallo, je t'ai pris pour quelqu'un d'autre.

La foudre explosa quelque part. Lisbeth accéléra le pas. Elle avait une boule dans la gorge et il lui semblait que voir Viggo aurait pu l'apaiser. Certes, elle le connaissait à peine mais quelque chose dans les traits de son visage, dans l'intonation de sa voix, dans la lumière de son regard, la touchait profondément.

Est-ce que c'est ça un coup de foudre ? se demanda-t-elle.

Sa mère lui avait un jour raconté qu'elle avait eu *un coup de foudre* pour son père. Un jour où elle avait eu du mal à rentrer son bateau au port, il lui était venu en aide. Dès le premier regard, elle avait su qu'elle voulait partager sa vie avec lui. Ava avait expliqué à sa fille que c'était comme lorsque les éclairs tombent au hasard. « La marque qu'ils laissent après leur passage peut mettre de nombreuses années à s'estomper et, parfois, elle ne disparaît jamais. »

Lisbeth passa le soupirail et descendit les quelques marches qui menaient chez elle. Une fois calfeutrée, elle remonta son garde-temps et se jeta sur son lit. Mains en éventail derrière la tête, elle essaya de se concentrer sur les différentes couleurs de sable aggloméré qui formait son plafond. Mais rien à faire. La question revenait sans cesse.

Où est la Nuit ?

Où est la Nuit, Lisbeth ?

C'était incompréhensible.

La Nuit était tout ce que les Érémosiens fuyaient.

La Nuit était le péril qu'ils tentaient d'éviter à tout prix.

La Nuit était la menace qu'on brandissait aux enfants pas sages.

Elle était la malédiction qu'on repoussait en permanence.

À quoi pourrait donc servir de savoir où était la Nuit quand on faisait tout pour ne jamais la trouver ? Pourquoi sa mère lui avait-elle posé une question aussi dangereuse ? Et qui pourrait y répondre ? D'ailleurs, qui voudrait seulement tenter d'y répondre ? Qui prendrait un tel risque ?

Certainement pas mes coéquipiers.

Ni Hélin.

Les Élus ou les Aveugles peut-être ?

Seul problème : Lisbeth n'avait aucune relation dans ces hautes sphères. Il y avait bien son ami Amund qui était devenu Ingénieur. Jusqu'à leurs sept ans révolus, ils avaient beaucoup joué ensemble à la Pouponnière et puis il avait continué ses études tandis qu'elle montait pour la première fois sur le bateau de sa mère. Ensuite, ils s'étaient croisés quelquefois, lors des grandes fêtes et sur le marché. Mais ça faisait longtemps qu'ils n'avaient pas passé un moment ensemble et il était peu probable qu'il sache quelque chose. Dehors, le tonnerre gronda deux fois. L'orage s'était finalement éloigné. Lisbeth tourna la tête en direction du lit de sa mère. Au fond, elle se fichait de trouver la Nuit. Tout ce qu'elle voulait, c'était savoir où était Ava.

Journal de bord de l'ISS

8 juillet 2025

J'ai réfléchi pendant trois jours.

J'ai beaucoup dormi, beaucoup rêvé que je retrouvais ceux que j'aimais.

À chaque réveil, la peine était décuplée.

Ce matin, je suis allée voir Anton et je lui ai dit que mon cœur avait explosé en même temps que la Lune. Je lui ai dit que je me sentais désaxée, perdue, poussière. Je lui ai dit que j'avais seulement envie de m'allonger (ce qui n'est pas possible à cause de l'apesanteur) et de ne plus jamais me réveiller. Mais Anton ne m'a pas lâchée. Il recommençait à me parler, encore et encore. Il m'a dit que visiblement en bas il n'y a plus rien. Mais que nous on est toujours là et qu'il nous reste deux options : soit on continue de se soûler à la vodka jusqu'à ce que mort s'ensuive, soit on se secoue...

Je lui ai demandé d'arrêter. Il n'a rien voulu entendre. « On est probablement les seuls survivants. Tu te rends compte de ce que cela signifie ? » Je l'ai supplié de me laisser, je l'ai supplié de se taire. « Hors de question que je me taise tant que tu ne m'as pas répondu. » Répondu à quoi ? je lui ai demandé. « Tu veux te laisser mourir ou continuer à vivre ? » Je lui ai dit que je ne pouvais pas répondre à cette question et là, il s'est énervé. Il a gueulé qu'on avait été formés pour ça.

Je me suis mise à rire.

Ce n'était pas drôle, mais j'ai ri avant de répondre sinistrement :

« Anton, personne n'a été formé pour le chaos. »

Il ne s'est pas démonté. Il a ajouté calmement qu'on avait été entraînés à gérer les situations les plus critiques. Il compare des stages de survie où on faisait du feu et où on chassait des bêtes pour se nourrir avec cette catastrophe inédite ?

Comme moi il a vu les vagues.

Comme moi il sait que toutes les formes de vie ont dû y passer...

Et puis admettons... Allez, OK... On tente le coup.

Qu'est-ce qu'il croit qu'on va trouver en bas ?

Il n'y a plus rien !

Plus rien du tout !

« C'est une situation inédite. On peut pas savoir. Certains végétaux, certains insectes, peut-être des poissons auront pu s'en tirer... »

Eh oh Anton ! Redescends ! Le monde s'est changé en boue ! Tu as envie de voir des cadavres partout ? À quoi ça sert ? Et combien de temps tu crois qu'on pourra survivre là-bas ? Tu veux quand même pas repeupler la planète ?

Et là, avec sa gueule d'ange, il m'a répondu : « Pourquoi pas ? »

À ce stade, j'avais envie de l'embrasser ou de le gifler, mais je me suis contentée d'un : « T'es dingue. » Gentiment, il m'a rappelé qu'on est tous des dingues, sinon on ne serait jamais devenus astronautes.

Là, il a marqué un point.

Si jamais nous sommes les seuls survivants, nous représentons le seul espoir pour que la vie continue sur Terre.

Oui, mais.

Tu es toujours cette scientifique qui a donné toutes ses années de sa vie pour faire avancer la science.

Oui, mais.

Tu es toujours cette aventurière qui a parcouru des centaines de kilomètres dans une boîte de conserve pour explorer le ciel.

Oui, mais.

« Tu viens de subir une déflagration, mais tu es toujours forte, Lucie, beaucoup plus forte que tu ne le crois en ce moment précis… » J'ai arrêté de répondre. Je crois que j'ai acquiescé, plus par fatigue que par conviction. Ensuite, Anton a voulu que j'aille voir Sacha avec lui. Après tout, c'était toujours lui notre commandant de bord. C'était lui qu'il devait convaincre. Anton lui a dit à peu près la même chose que ce qu'il m'avait dit à moi. Sacha est resté silencieux pendant un long moment. Puis il nous a demandé de calculer ce qu'il nous restait en nourriture et en oxygène.

Voilà ce qu'il en est ressorti. On sait maintenant qu'il nous reste environ deux mois d'autonomie à condition de rester sur la station. Cette dernière fonctionne avec des panneaux solaires. Nous n'aurons pas de problèmes d'énergie pour l'alimenter ou éventuellement faire fonctionner les Soyouz mais, si nous ne faisons rien, dans quelques mois, elle continuera de tourner seize fois par jour autour de la Terre avec six squelettes aux commandes…

ÉRÉMOS

54E JOUR PERPÉTUEL DE L'AN 376 AGS

La Cité des Morts était située entre le Palais des Aveugles et le désert. C'était une étendue plate et sablonneuse sur laquelle les rayons du Soleil tombaient, lui donnant l'apparence d'un immense voile de soie aux mille nuances de beige. En y regardant de plus près, on remarquait des statues d'un jaune plus foncé qui se dressaient vers le ciel. C'étaient les trépassés, debout dans leurs coques de terre cuite. Que ce soit dans la vie ou dans la mort, les Érémosiens gardaient leurs regards tournés vers le Soleil.

Lisbeth n'était pas venue ici depuis la disparition de son père. Elle n'avait que cinq ans lorsque ce dernier avait été avalé par les Brumes et elle gardait un souvenir confus de sa Cérémonie de Transformation. À l'époque, elle n'avait pas très bien compris ce que sa mère et elle faisaient là. Si son père s'était perdu dans la mer des Nuées, pourquoi le cherchaient-elles ici ? Ça lui avait paru absurde.

Absurde.

Quelque chose se noua dans la poitrine de Lisbeth.

L'histoire se répétait, encore et encore.

De la même manière, le corps d'Ava ne pourrait pas être enrobé d'une épaisse couche de glaise. Il ne resterait d'elle qu'un cénotaphe, une coquille vide tendue vers le Soleil… Dans le ciel, un oiseau poussa un cri. Lisbeth leva la tête et plaça sa main en visière pour mieux observer son vol. C'était une oie. Elle volait en direction de la mer des Nuées. Lorsque le volatile eut disparu de son champ de vision, elle réalisa qu'elle était en apnée. Le souffle complètement coupé, les poumons figés comme sa mère lui avait appris à le faire pour le cas où elle tomberait dans l'eau. Elle se força à gonfler ses poumons puis, revenant au paysage de désolation qui l'entourait, Lisbeth constata qu'évidemment Hélin était déjà là et qu'évidemment cela l'agaçait. Une fois de plus, la jeune Pêcheuse avait un temps d'avance sur elle.

Près du four, se tenaient l'Incinérateur ainsi que deux silhouettes sombres. La grande était vêtue d'une longue tunique noire. La petite, comme si elle était l'ombre de la première, disparaissait sous une courte tunique grise. Il s'agissait d'un des six Aveugles, accompagné par son jeune guide. Cette présence exceptionnelle pour une simple Pêcheuse était due à l'absence de corps. Les Aveugles étaient des psychopompes. Par leurs prières et leurs rituels, ils permettaient à l'esprit du défunt de rejoindre le Soleil.

Alors que Lisbeth s'approchait, elle reconnut le profil de l'Aveugle.

Tobias.

En la voyant arriver, le gamin tira sur la manche de Tobias et lui murmura quelque chose à l'oreille. Le jeune homme, âgé d'une vingtaine d'années, était le fils aîné d'Elon, un des Élus les plus influents du Consistoire. Lisbeth connaissait bien son histoire car elle avait, par le hasard des choses, percuté celle de sa propre famille. Très tôt, le père de Tobias avait proposé de faire de son fils un futur Aveugle. Devenir Aveugle était un honneur suprême, c'était inscrire son nom dans l'histoire d'Érémos et faire rejaillir sa gloire sur toute sa famille. En outre, c'était l'assurance d'échapper aux rotations et de bénéficier d'une vie de privilèges. Sa candidature validée, il suffisait que le jeune attende qu'un des six Aveugles meure pour prendre sa place. Bien évidemment, cela pouvait prendre des années et le jeune Tobias avait certainement imaginé qu'il avait du temps devant lui. Cependant, le destin en avait décidé autrement. Dès la fin de sa douzième année, un Aveugle était mort brutalement et, de ce fait, l'Investiture de Tobias avait aussitôt été programmée. C'est à ce moment-là qu'il s'était enfui. Ne sachant où aller, il avait couru vers la forêt et s'était finalement jeté à l'eau.

Au risque d'y perdre la vie, le jeune Tobias avait nagé dans la mer des Nuées jusqu'à ce que ses forces le désertent… Ça s'était passé sept ans auparavant, en pleine Saison des Brumes. La visibilité était si mauvaise qu'il aurait simplement dû disparaître dans les flots. Mais il avait eu de la chance. Ava était sur l'eau ce jour-là et, lorsqu'elle avait aperçu une tête surnager, elle avait dirigé son embarcation vers lui. Elle l'avait repêché, séché, réchauffé, lui avait donné une soupe chaude et, malgré les protestations du jeune garçon, elle avait fait son devoir de citoyenne et l'avait ramené au Palais des Aveugles. Peu de temps après, Lisbeth avait été transférée dans le corps des Hydros…

Le temps se distendait et, malgré la chaleur, Lisbeth était parcourue de frissons désagréables. Le four était prêt. De sa cheminée s'échappaient déjà des volutes de fumée ocre. Elles s'élevaient vers le ciel bleu et, poussées par les vents apportés par la mer, se dirigeaient vers le Soleil. Tobias tourna son visage vers les rayons solaires. L'enfant, qui devait avoir six ou sept ans, observait attentivement tous les gestes de son aîné.

– Même si le corps d'Ava, Pêcheuse de la première rotation, ne sera jamais dans cette coque de terre, je demande que son esprit rejoigne notre Soleil bien-aimé.

L'Aveugle fit un signe à l'Incinérateur et le corps de glaise glissa doucement dans l'orifice du four. À ce moment-là, Hélin se rapprocha de Lisbeth et voulut lui prendre la main. Bien sûr, elle la refusa et Hélin n'insista pas.

Au-dessus du four, la fumée s'intensifia. Pendant un instant, Lisbeth imagina l'enveloppe de terre qui se durcissait autour du vide. Cette double absence était une double peine. Elle détourna le regard et remarqua que l'enfant s'était assis par terre un peu plus loin. Jouant avec des restes de glaise, il modelait un personnage, peut-être une femme...

La vie continue, toujours, se dit-elle en sentant les larmes monter.

C'était une phrase que sa mère lui avait souvent répétée.

Et pourtant, Ava n'était plus là.

Lisbeth connaissait la suite. Les Fixateurs attendraient que la statue se soit refroidie, puis ils l'installeraient sur un socle. Elle resterait debout dans le désert, éternellement tournée vers la lumière aveuglante du Soleil. D'un geste, la jeune fille essuya la larme qui roulait sur sa joue. Puis elle se mit à marcher jusqu'à la Cité des Morts.

À perte de vue, des centaines de corps brûlés étaient tendus vers l'éternel, comme en attente de quelque chose... D'une réponse ?

– *Où est la Nuit ?* ne put-elle s'empêcher de demander tout haut aux statues qui l'entouraient.

Le vent siffla dans son oreille une réponse inintelligible, puis une voix grave la fit sursauter.

– Lisbeth !

Elle se retourna, brusquement inquiète d'avoir été entendue. Derrière elle, le noble visage de Tobias la toisait. Enfin, à sa manière…

– Que disais-tu, Lisbeth ?

– Rien. Rien du tout…

– Tu sais, devenir Aveugle a quelques avantages. Par exemple, notre ouïe se développe énormément.

Lisbeth observa le visage précocement anguleux de Tobias, puis ses yeux morts qui semblaient regarder quelque chose juste au-dessus de son front. Si jamais il décidait de la dénoncer, elle aurait de sérieux problèmes.

– La Nuit, elle est en moi. C'est mon quotidien et mon fardeau. Elle a éteint le Soleil des Aveugles pour toujours et c'est ainsi que, bon gré mal gré, nous maintenons la vie dans la Cité.

Sur ces paroles apprises par cœur, Tobias fit disparaître son crâne sous la capuche qui pendait dans son dos un instant plus tôt. Sa longue silhouette enveloppée de drap noir exécuta un demi-tour et s'éloigna en s'aidant de sa longue canne en bois de tamaris. Lisbeth remarqua qu'un peu plus loin, toujours postée près du four, Hélin les observait. Elle semblait attendre. Peut-être espérait-elle que Tobias prenne le temps de la rejoindre pour lui parler ? Lisbeth savait qu'Hélin était toujours amoureuse de lui car cette dernière s'en était maintes fois confiée à Ava. C'était comme ça que Lisbeth avait su que le scarabée qu'elle portait autour du cou lui avait un jour été offert par le jeune Tobias, lorsqu'il n'était pas encore un Aveugle...

Mais leur histoire n'aurait pu durer. Tout d'abord, il n'existait pas de vie amoureuse pour les Aveugles. Leur existence entière était dédiée à la Nuit... En outre, une alliance entre un jeune homme issu de la caste dirigeante et une simple Pêcheuse n'avait pas vraiment d'avenir. Jamais la famille n'aurait accepté une telle déchéance... Ce serait exactement le même problème pour Lisbeth et Viggo. Pour le moment, elle passait des moments agréables avec lui, mais elle ne devait pas oublier que tout ça serait sans lendemain...

Ainsi, Tobias ne rejoignit pas Hélin. Il appela le jeune garçon qui l'accompagnait et ce dernier accourut pour le guider. Ensemble, ils s'éloignèrent en direction du Palais des Aveugles.

Journal de bord de l'ISS

10 juillet 2025

Pour la première fois depuis la catastrophe, nous nous sommes retrouvés tous les six autour d'un repas. Six gueules d'enterrement réunies autour de rations de survie choisies au hasard. J'ai cherché partout. Il n'y a plus une goutte d'alcool. Dommage. J'aurais bien aimé boire ce soir. Il me semble que ça m'aurait aidée à parler… Bref. Sacha nous a dit qu'il se plierait aux votes. Nous devions exposer notre objectif et la majorité l'emporterait.

Je me suis jetée à l'eau. Je leur ai dit qu'Anton et moi avons passé les deux derniers jours à observer la Terre et à étudier les meilleures options de descente.

« Pour quoi faire ? C'est un immense cimetière en bas », a tout de suite objecté Aya, et des larmes sont revenues se presser aux coins de ses yeux joliment bridés.

On a tenté de s'expliquer. On a d'abord évoqué de possibles survivants dans les bunkers ou ailleurs mais Aya s'est empressée de nous rappeler l'ampleur de la vague et que tout a dû exploser sous la pression, un peu comme un sous-marin qui descend trop profond. Concernant les bateaux et les avions, il n'y a qu'à observer les traînées cycloniques pour se faire une idée. Pour elle, il n'y a pas de doute. Tout a été balayé, emporté, et il ne reste rien à sauver.

Un long silence a suivi ses paroles.

Et puis Anton a dit que, quoi qu'il en soit, il est partant pour tenter quelque chose et même pourquoi pas repeupler. Je crois que là il est allé trop loin. « Alors là, certainement pas avec moi ! » a objecté notre coéquipière japonaise.

John s'est mis à remuer. Ses iris bleus semblent avoir viré au gris depuis la catastrophe. Il a vraiment une sale tête. Pour lui, on n'a pas dû bien prendre la mesure. Il a tenu à préciser qu'il n'y a pas que nos familles, pas que les humains qui sont morts mais aussi nos chiens, nos chats, mais aussi les vaches, les ours des Rocheuses, les mustangs des Grandes Plaines...

Il a raison.

Tout, absolument tout a disparu sous les colonnes d'eau.

« Tu oublies les poissons et peut-être certains oiseaux capables de voler très haut... Et puis des insectes auront pu survivre, des cocons être préservés et renaître sur les terres émergées ? La nature pourrait nous surprendre. Elle l'a toujours fait », a insisté Anton mais John s'est brusquement mis à ricaner. « Et alors ? Tu vas faire quoi ? Planter quoi ? Les salades de Sacha ? Et après ? Tu crois qu'on va trouver des boîtes de conserve partout comme dans les séries post-apocalyptiques ? »

Aya a surenchéri, arguant que, sans la Lune, tôt ou tard la Terre se mettrait à osciller. Elle n'a pas tort. J'ai déjà réfléchi à tout ça et j'ai pu lui répondre que ça mettrait certainement des millénaires et qu'en attendant, ça nous laisse largement le temps de reconstruire quelque chose.

« Reconstruire... ? » a répété John, comme hébété.

Après, on s'est tous regardés pendant un long moment et puis Sacha a fini par dire qu'il était OK pour descendre et qu'il a réfléchi pour les semences. D'après lui, si l'on considère la nouvelle orbite de l'ISS, on peut viser la Réserve mondiale de semences du Spitzberg...

J'avoue que ça m'a rassurée de constater que la hiérarchie est toujours là.

Notre capitaine a parlé.

Et aucune voix ne s'est levée contre la sienne.

Cependant, l'une d'entre nous n'avait pas encore ouvert la bouche. Susannah. Dans un même mouvement, on s'est tous tournés vers elle. Elle a dit qu'à cette heure, le verbe « survivre » lui paraît encore obscène. Mais si elle oublie ses émotions et qu'elle utilise ses neurones, voilà ce qu'elle pense : « S'il ne reste que nous, on n'a pas le droit de baisser les bras. » En tant que médecin de bord, elle a précisé qu'on doit prendre cette décision le plus rapidement possible. Plus longtemps on restera en l'air, moins on aura de muscles en redescendant...

John n'est pas d'accord. Il a grommelé que la situation est inédite et qu'il peut y avoir des effets rebonds... Anton a essayé de le rassurer en lui expliquant que l'idée, c'est de rester un moment ici pour observer ce qu'il se passe et qu'on ne descendra que quand le moment nous semblera bon...

Au final, nous sommes quatre sur six à vouloir redescendre.

Cette décision prise, je constate que quelque chose s'est légèrement dégonflé dans ma poitrine. J'ai compris que je veux vraiment revenir sur Terre, sinon pour vivre, au moins pour dire au revoir à nos disparus...

ÉRÉMOS

55E JOUR PERPÉTUEL DE L'AN 376 AGS

D'un côté de la Cité ondulaient les dangereuses circonvolutions des Brumes.

De l'autre soufflait la chaleur létale du désert de Dallol.

Lisbeth se sentait coincée au milieu.

Elle repensait à ce que Tobias lui avait dit. La Nuit ne viendrait que si le Soleil s'éteignait et les Aveugles veillaient à ce qu'une telle chose ne se produise jamais. Un Aveugle disparaissait et un autre arrivait, aussi sûrement qu'une rotation suivait l'autre… C'était d'une simplicité désarmante, une succession de cycles parfaits pour la gloire et la survie d'Érémos.

– Tu tiens le coup, Lisbeth ? s'inquiéta Sverre en essuyant une goutte de sueur qui roulait sur sa tempe.

Elle remarqua qu'il avait le front barré par un vilain pli. Ce qu'il traversait était en train de le faire vieillir prématurément.

– Ça peut aller… Et toi ? Pourquoi étais-tu absent ? lui demanda-t-elle en enfilant ses gants de protection.

– Arrêté en revenant de chez toi.

– Je m'en doutais. Ça t'a coûté cher ?

– C'est pas important.

Lisbeth hésita à lui poser la question, mais elle sortit toute seule de sa bouche.

– Ils l'ont emmené ?

– Pas encore.

– Peut-être qu'ils hésitent ?

– Ne dis pas de bêtise.

Plus loin, la silhouette du Renifleur semblait tanguer à cause de la chaleur qui se dégageait du sol. Lisbeth cilla, puis revint vers le visage de son compagnon de forage.

– Quand le Consistoire décide quelque chose, on n'a plus qu'à s'incliner, ajouta-t-il et, d'un coup de menton, il lui désigna le jeune homme qui s'avançait vers eux, sa tunique flottant d'un côté de son corps, à cause du vent chaud que leur envoyait le désert. Ils nous ont refilé un nouveau Renifleur.

– Ah bon ? Pourtant, Rune était bon !

– Que veux-tu que je te dise ? ajouta-t-il, l'air las.

Lisbeth plissa les yeux sans parvenir à détailler le visage du Renifleur.

– Rune est peut-être malade ?

Sverre souleva un instant sa casquette, puis la renfonça sur son crâne.

– Tout ce que je sais, c'est qu'il était en forme hier, marmonna-t-il avant de vérifier que son troue-terre s'allumait bien.

Figée, Lisbeth crut voir des cheveux roux dépasser de la casquette du jeune homme qui se rapprochait d'eux. Mais lorsque ce dernier fut devant elle, elle constata, un peu déçue, que les rayons du Soleil l'avaient trompée. Ce garçon était blond et ce n'était pas Viggo.

– Hallo, je suis Odd.

– Moi c'est Lisbeth… Excuse-moi de te demander ça mais sais-tu si Rune va bien ?

– Rune ? Connais pas !

– C'est le Renifleur que tu remplaces.

– J'en sais rien, on m'a affecté ici, et pour le reste… fit-il en écartant ses mains dans un geste d'impuissance.

Lisbeth acquiesça, remit ses lunettes de protection et alluma son troue-terre. Ce qui était évident, c'était qu'un malaise flottait dans l'air. Elle avait la désagréable impression qu'autour d'elle, tout se délitait.

Au retour de sa rotation, Lisbeth se rendit directement au stand de la Bijoutière. Ces derniers JP, elle avait complètement été accaparée par la disparition de sa mère puis par son deuil. Néanmoins, son esprit l'avait leurrée par deux fois. Elle avait cru reconnaître Viggo au marché, puis dans la silhouette d'Odd, le nouveau Renifleur... Ces illusions lui racontaient quelque chose. Récemment, sa rencontre avec Viggo avait été la seule éclaircie dans sa vie et elle voulait absolument le revoir. En arrivant, elle fut étonnée de le trouver précisément là où elle espérait qu'il soit.

– Viggo !

– Hallo Lisbeth.

Elle s'accorda le temps de le regarder, de s'assurer que la réalité concordait avec son souvenir. Elle s'étonna de le découvrir plus beau encore que dans son fantasme. Elle aimait sa peau plus claire que les coquillages irisés qu'elle ramassait quand elle était enfant. Elle adorait ses cheveux qui évoquaient la couleur des herbes roussies par le Soleil et plus encore ses yeux verts qui semblaient contenir des grains de sable doré. Émue, elle se demanda si le jeune homme était venu l'attendre ici après chacune de ses rotations...

– Ah, tiens ? fit-il en tendant la main vers son oreille.

Une nouvelle rose ? pensa Lisbeth, amusée.

Mais la main revint vide. Viggo sourit, se gratta le crâne d'un air perplexe, referma sa main, souffla dessus et la rouvrit. Cette fois, un petit objet métallique se tenait au creux de sa paume.

– Qu'est-ce que c'est ?

– Un cadran très spécial, qui t'empêchera de te perdre...

Il l'entraîna à l'écart du passage et lui montra comment l'ouvrir. À l'intérieur, une aiguille dorée, protégée par du verre transparent, était agitée de tremblements.

– Me perdre ? Comment pourrais-je me perdre sur Érémos ? Le nord, c'est la direction du Soleil. Le sud, celle de la mer des Nuées. À partir de là, comment confondre l'est et l'ouest ?

– Sait-on jamais ? Tu sauras que, quel que soit l'endroit où tu te trouves, cette aiguille se dirige toujours vers le nord.

Viggo posa sa main sous celle de Lisbeth et lui fit refermer ses doigts sur l'objet. Ce contact charnel la troubla mais elle n'en laissa rien paraître. Elle rouvrit légèrement sa paume pour examiner son présent. C'était un petit cylindre plat de métal jaune, patiné par les années. Au dos, il y avait des inscriptions à demi effacées. Un objet de l'Ancien Monde, visiblement. Où l'avait-il trouvé ? Pourquoi prenait-il un tel risque ? Se pouvait-il qu'il travaille au DOT ?

– Range-le avant qu'on ne te le confisque, murmura-t-il à son oreille.

Apercevant une patrouille de Miliciens, elle obtempéra, fourrant prestement l'objet dans sa poche.

– On marche ensemble ? lui proposa-t-il.

– Où ça ?

– Ici, dans les ruelles de la Cité.

– Pour aller où ?

– Nulle part, juste pour marcher ensemble.

Juste marcher ensemble.

Oui, Lisbeth en avait très envie.

Journal de bord de l'ISS

11 juillet 2025

Point sur le changement d'axe terrestre :

Aujourd'hui, Sacha nous a réunis au niveau de la Cupola pour un débriefing sur le nouvel état planétaire. C'est étonnant comme organiser une réunion peut donner l'impression de conserver un semblant de maîtrise sur une situation pourtant hors de contrôle. Rien de plus humain : tant qu'on peut nommer les choses et les étudier, on garde l'illusion de garder notre destin entre nos mains.

Notre commandant de bord a ouvert le débat par ce compte rendu : « 2025LM132 a percuté la Lune avec un angle particulier, l'éjectant sur une trajectoire sous-orbitaire. La vitesse d'éjection et la masse cumulée de l'astéroïde et de la Lune ont basculé l'axe terrestre à 90 degrés… Ce qui veut dire que le pôle Nord est maintenant dirigé vers le

Soleil, tandis que l'hémisphère sud est totalement plongé dans l'obscurité. » Nos regards ont convergé vers cette Terre qu'on ne reconnaissait pas. Dans la partie illuminée, de grandes stries nuageuses décrivaient des arcs de cercles géants parsemés de nombreux éclairs. Dans la partie obscure, de nombreux points rouges scintillaient comme autant d'éruptions volcaniques géantes. La catastrophe avait réveillé les entrailles de la Terre. C'était dingue. On aurait dû voir tout ça en CinémaScope, pas dans la réalité…

Accueillant notre silence, Sacha a poursuivi son exposé. « D'après les calculs d'Anton, la bascule n'est pas encore stabilisée et il existe une légère oscillation de l'axe polaire. Pour le moment, rien ne nous permet d'affirmer que les choses sont irréversibles… » J'ai enchaîné en expliquant qu'un des effets collatéraux sera l'accélération de la rotation terrestre sur elle-même, car elle n'est plus ralentie par la Lune. Dans les transformations immédiates, on a déjà une modification des masses océaniques qui se déplacent vers l'équateur et, ce faisant, libèrent de nouvelles terres au niveau des pôles… Mais ce n'est pas tout. Il y aura également des conséquences météorologiques, avec une augmentation des mouvements de convections et probablement des vents d'une violence inconnue…

« Pour résumer la nouvelle météo, on aura droit à une fournaise au nord et à une glacière au sud, c'est bien ça ? Vous pouvez me dire comment on va survivre là-dessus ? » a lâché Aya.

Comme à son habitude, c'est Anton qui a tenté de calmer les esprits en expliquant que notre seule possibilité sera d'aller nous installer quelque part sur la zone tempérée. Elle devra se situer un peu au-dessus de l'équateur, là où les rayons solaires font un angle de 45 degrés environ avec la Terre.

« Il n'y aura plus de nuit », a noté John d'une voix blanche.

C'est vrai pour la partie que l'on vise. Les anciens habitants du pôle vivaient comme ça la moitié de l'année et ça ne les a pas tués. En revanche, la mesure du temps va être un problème crucial, on ne pourra pas se satisfaire de notre horloge interne. Mais mon goût pour les produits vintage va nous être d'un grand secours... J'ai levé mon bras pour qu'ils voient ma montre automatique. Elle n'a pas besoin de pile et se recharge toute seule grâce aux mouvements de mon poignet. Aya et Susannah m'ont légèrement souri. Les premiers sourires de l'après-catastrophe.

Point sur le Spitzberg :

Le Spitzberg est une île située dans l'archipel norvégien du Svalbard. Elle est sa plus grande île et la seule qui était peuplée (avec l'île aux Ours). Elle mesure 280 kilomètres de longueur du nord au sud pour 40 à 225 kilomètres de largeur d'est en ouest. Mais surtout, c'est là que se trouve le plus grand grenier à semences de l'humanité. Les scientifiques l'avaient judicieusement installé sur l'un des deux endroits les plus froids de la planète : le pôle Nord. À partir de maintenant, ces terres deviennent les plus ensoleillées du globe et elles seront bientôt invivables. On a surnommé cette réserve « le coffre-fort de l'apocalypse » car la construction, creusée dans le flanc d'une montagne, a été conçue pour supporter tremblements de terre et explosions. Nous présupposons que cela fonctionne pour les raz-de-marée géants, d'autant que le déplacement des masses océaniques a été plus important sur l'équateur et que les pôles ont moins souffert. Ah, et désormais, il n'y a plus de mer dans cette partie du globe... qui va continuer de s'assécher du fait de la nouvelle orientation terrestre...

Pour atteindre la chambre secrète, il faudra passer cinq portes verrouillées. Pour ça, normalement tout va bien. Sacha en détient les codes (nous avons appris qu'on les donnait au commandant de bord en cas de scénario catastrophe !). Dans cette chambre froide (sera-t-elle encore froide ?), nous trouverons des semences provenant de tous les pays de la planète. Notre mine d'or. Ce premier objectif ne sera pas des moindres. De sa réussite ou de son échec dépendra notre avenir alimentaire ou, devrais-je écrire, notre avenir tout court...

Point sur les livres que nous avons emportés avec nous :

Aya : « Œuvres complètes » d'Arthur Rimbaud, qu'elle lit en français.

Sacha : « La Cerisaie » de Tchekhov et « Alice au pays des merveilles » de Lewis Carroll. Il est le seul à avoir deux livres mais, avec leur format court, cela revient au même. Il s'est quand même justifié en m'expliquant ses choix. « La Cerisaie » c'est pour lire en russe et l'aider à ne pas s'accrocher au passé. Quant à Alice, c'est Sergueï Krikalev, qui avait été envoyé dans la station MIR en 1991, qui lui en a donné l'idée. Pour ce dernier, la chute sans fin dans le terrier du lapin lui paraît être la description la plus proche de l'expérience journalière du cosmonaute.

Susannah : « Walden ou la Vie dans les bois » d'Henry David Thoreau.

Anton : J'ai découvert qu'il avait choisi d'apporter un de mes livres ! « L'Astronomie dans les anciennes civilisations ».

Moi : « Le Merveilleux Voyage de Nils Holgersson à travers la Suède » de Selma Lagerlöf.

Et celui de John ne pouvait être que « Vol de nuit » de Saint-Exupéry.

J'espère, sans trop oser y croire, qu'en bas, nous pourrons dénicher quelques livres intacts.

ÉRÉMOS

55E JOUR PERPÉTUEL DE L'AN 376 AGS

Durant les quatre sabliers que durait la rotation, Lisbeth tenta de se concentrer sur son travail. En vain. La question posée par Ava lui revenait sans cesse en tête, comme une boucle sans fin. Elle avait besoin d'en parler à une personne de confiance. Elle pensa que, malgré le drame qu'il traversait, Sverre était cette personne. Elle choisit ce retour vers la Cité pour se confier à lui.

– De quoi tu me parles ? Tu crois que je n'ai pas assez de problèmes comme ça ? lui jeta-t-il à la figure avant de sauter du wagon et d'accélérer le pas.

– Sverre ! Attends !

Visiblement excédé, il leva sa main sans même prendre la peine de se retourner, puis il disparut dans les ruelles.

– Quelle idiote je fais…

Lisbeth serra les dents pour retenir les larmes qui montaient. Elle se sentait perdue. Avant, lorsqu'elle avait un problème, elle le réglait en en discutant avec sa mère ou avec Sverre. Mais sa mère n'était plus là. Et, pour le moment, Sverre était bien trop malheureux pour lui être d'un quelconque secours.

Viggo ?

Elle se dirigea vers le stand de la Bijoutière, mais il n'était pas là. Lisbeth acheta un kilo de fonio sur l'étal voisin. Elle tendit un Sol au Semeur, l'esprit ailleurs. Elle repensait à cet objet que Viggo lui avait offert, ce cadran qui, lui avait-il dit, l'empêcherait de se perdre. Sa gorge se serra. Il la connaissait à peine et pourtant il avait compris qu'elle se sentait perdue... Rêveuse, elle caressa l'objet qui était resté dans le fond de sa poche. Elle se plut à se rappeler de quelle manière Viggo l'avait entraînée à l'écart pour lui montrer comment le cadran fonctionnait... Fermant un instant les yeux, elle se remémora sa main sur la sienne et ses yeux dans les siens...

Il avait pris un risque en lui offrant un objet de l'Ancien Monde.

C'était une grande preuve de confiance.

Ou bien un cadeau d'adieu.

Car Viggo n'était pas là.

Cette maison vide angoissait de plus en plus Lisbeth. Ce silence assourdissant lui donnait mal à la tête. Elle n'avait pas vraiment faim. Elle essayait de s'occuper en se préparant un repas frugal composé de poisson séché et d'une poignée de fonio bouilli. Mais, une fois assise devant son assiette, elle ne put rien avaler. Que faire ? Abandonnant son repas, elle se leva et alla déplacer la natte tressée qui recouvrait le sol près de son lit. Là-dessous, Lisbeth avait creusé un trou pour y cacher les objets qu'elle avait rapportés du désert. Elle y plongea la main et prit la première chose qui venait. Elle s'était mise à jouer à ce jeu depuis que sa mère et elle avaient des rotations décalées. Imaginer l'histoire de ces objets l'aidait à faire passer plus vite ses soirées en solitaire…

Sa première pioche fut cette fine boîte rectangulaire qu'elle avait trouvée récemment dans les replis du désert. Une partie brillait comme du verre noir, l'autre avait une teinte mate. À quoi avait-elle pu servir ? Lisbeth soupira. Aucune histoire ne lui venait. Elle n'avait pas le cœur suffisamment léger pour se questionner, ni l'esprit suffisamment tranquille pour laisser libre cours à son imagination… Elle saisit le cadran que Viggo lui avait offert, en caressa la coque du bout des doigts puis, lasse, elle le rangea avec les autres objets. Elle replaça soigneusement la natte par-dessus la cachette et s'allongea sur sa paillasse. Pour le moment, le mieux qu'elle avait à faire était de dormir.

Lisbeth ferma les yeux, mais aussitôt ses pensées dérivèrent vers la côte, survolèrent l'eau noire et plongèrent dans les Brumes…

Maman ?

Sa mère savait que Lisbeth rapportait parfois certains objets de ses rotations, mais elle fermait les yeux. Elles n'avaient jamais vraiment pris le temps d'en parler. C'était une sorte d'accord tacite. *Si tu trouves une bonne cachette et que personne ne s'en rend compte, tout ira bien, mais fais très attention, d'accord ?*

Maman ?
Où es-tu, maman ?

Lisbeth frissonna en croyant sentir quelque chose glisser sur elle. Une onde ? Un murmure ? Elle avait un peu peur mais, comme elle ne voulait pas perdre cette sensation, elle se força à garder les paupières closes.

D'abord, il n'y eut que cette teinte rougeâtre et ces petits points blancs qui palpitaient quand elle fermait les yeux. Puis ce fut comme si elle se rapprochait des Brumes en pensée, comme si ces dernières vibraient, comme si elles s'écartaient un peu pour lui dévoiler une silhouette lointaine, celle d'une femme s'accrochant à la barre de son bateau.

Où est la Nuit ?
Où est la Nuit, Lisbeth ?
Quand répondras-tu à ma question ?

Son cœur se mit à battre très vite, au point de lui faire rouvrir les yeux. Son corps était moite, son front douloureux. Fébrile, elle se releva pour se mettre en position assise et cala son dos contre le mur de terre ocre qui lui sembla plus chaud encore que l'air de la pièce. Encore cette sensation d'étouffement… Est-ce qu'un orage allait de nouveau exploser au-dessus de la Cité ? Lisbeth alla chercher sa respiration au fond de son ventre. Son plexus lui faisait mal. Elle se leva pour se servir un verre d'eau, puis s'installa sur un des tabourets en métal pour le boire. Le regard perdu dans le vide, elle pensa aux réactions de Tobias et de Sverre. Chacun leur tour, chacun à leur manière, ils lui avaient fait comprendre qu'il était préférable de ne pas parler de la Nuit.

La Nuit est ce que l'on craint le plus sur Érémos.
La Nuit est dangereuse.
La Nuit a recouvert l'Ancien Monde.

Le regard de Lisbeth revint vers l'endroit où elle cachait ces choses qu'elle n'avait pas le droit de posséder. Et si la réponse se trouvait parmi elles ? Elle se releva, se mit à quatre pattes et, pour la deuxième fois, elle retira la natte. Elle plongea ses deux mains dans le trou et en retira un pot en terre cuite avec des inscriptions jaunies qu'on déchiffrait à peine, un grand I, un gros cœur et puis un mot qui ne voulait rien dire : « Essaouira ». Elle le posa près d'elle et remit les mains dans la cachette pour en sortir un pendentif au métal terni par les années. Le motif était celui d'une créature étrange avec des yeux exorbités, des oreilles en pointe et un gros ventre. Une chose qui ne ressemblait à rien de tout ce qu'elle connaissait. Elle l'aimait bien pourtant, mais elle savait qu'elle n'aurait jamais le droit de le porter… Pour finir, elle observa de nouveau attentivement cette boîte rectangulaire et toute plate en verre noir. Pouvait-elle contenir la Nuit ?

Elle ne le saurait que si elle l'ouvrait…

Lisbeth alla chercher un couteau et l'inséra dans l'interstice qui traçait un trait entre le métal et le verre. Là, elle immobilisa son geste, hésitante. Et si, en ouvrant cette boîte, elle ramenait la Nuit sur Érémos ? C'était trop, beaucoup trop de responsabilité. Finalement, elle ôta la pointe du couteau et remit tous les objets dans la cachette. Cela fait, elle enleva la tunique légère qu'elle portait pour dormir, marcha nue jusqu'à l'étagère où étaient empilés les voiles de chanvre, en saisit un et le trempa dans la coupelle d'eau. Elle l'essora soigneusement avant de l'appliquer dans son cou, puis sous ses aisselles. Elle jeta un coup d'œil sur son garde-temps. Il lui restait un sablier pour aller voir Amund. De tous les gens qu'elle côtoyait, il était certainement celui qui connaissait le plus de choses. Tout en s'essuyant, Lisbeth se demanda si, depuis le temps qu'ils ne s'étaient pas vus, Amund la reconnaîtrait et s'il accepterait de l'aider.

Le quartier des Ingénieurs se trouvait dans la zone septentrionale de la ville. En quittant le soupirail, elle trouva bizarre de ne pas tourner à droite, comme lorsqu'elle se dirigeait vers les rails, mais à gauche. En déambulant dans les ruelles, Lisbeth réalisa que cela faisait très longtemps que ses pas ne l'avaient pas menée dans cette partie de la Cité. Au fur et à mesure qu'elle s'éloignait du quartier où étaient logés les Hydros et les Pêcheurs, les odeurs se modifiaient. Cela sentait moins les produits du marché. L'air était plus neutre, plus « propre ». Hormis ces derniers jours, depuis qu'elle travaillait dans le désert, elle avait toujours le même emploi du temps, effectuait les mêmes gestes et empruntait les mêmes trajets. Bien sûr, il y avait parfois des impondérables, une tempête soudaine, un orage magnétique ou la découverte d'un objet de l'ancien temps sous les couches de sable mais, globalement, sa vie était faite d'une suite d'actes répétitifs et rassurants. La disparition de sa mère et le mot qu'elle lui avait laissé étaient en train de bouleverser son existence.

Tout à ses pensées, Lisbeth marchait d'un bon pas. Au bout d'un moment, elle arriva devant la construction hors terre située au pied des contreforts de pierre ocre qui protégeaient le Palais des Aveugles. Une grande plaque sculptée annonçait fièrement : *Quartier des Ingénieurs*.

Journal de bord de l'ISS

14 juillet 2025

Putain de vendredi 13.

Nous ne sommes plus que cinq.

Un panneau solaire est tombé en panne et nous avons dû organiser une sortie extra-véhiculaire. C'était mon tour, mais John a insisté pour s'en charger et je n'ai pas eu la force de batailler. À quoi bon ? me disais-je. Pourquoi conserver absolument nos plans initiaux, puisqu'ils ont tous volé en éclats… J'ai lâché ma place, mais j'ai tenu à le préparer, à l'aider à mettre son scaphandre de deux cents kilos, à m'assurer que tout était parfait…

Pendant les deux heures de préparation, il m'a souri plusieurs fois alors que ça faisait plus de huit jours que son visage ne s'était pas déridé.

J'aurais dû me douter de ce qu'il préparait.

Une fois prêt, John est sorti dans l'espace. On a suivi ses mouvements avec les caméras extérieures. Tout se passait bien. Il prenait toutes les précautions nécessaires pour se déplacer avec son filin jusqu'au panneau en rade. J'entendais sa respiration dans mon casque et, au bout d'un moment, nos respirations se sont synchronisées. Près de moi, Anton le suivait à l'image mais, à cause de sa visière en miroir, on ne voyait pas son visage. Est-ce que John pleurait là-dessous ?

Ou est-ce qu'il souriait ?

Il a mis cinq heures à faire la réparation. Quand il a terminé, la pression est retombée d'un coup et je l'ai applaudi avant de lui dire qu'il était temps de rentrer. Comme il ne bougeait pas, j'ai ajouté que, s'il était sage, il aurait droit à un de mes fameux massages des pieds. Il ne m'a pas répondu. Il s'est contenté de remonter sa visière.

À travers la caméra, il nous regardait.

Il souriait et des larmes inondaient ses joues.

Quand sa main a saisi le mousqueton qui le retenait à la main courante 0506 du côté tribord du sas, j'ai tout de suite compris et j'ai posé ma main sur ma bouche pour ne pas crier.

Sa réparation faite, John avait prévu de nous quitter.

Mais pas de n'importe quelle manière.
Il voulait voler une dernière fois.

Derrière moi, Susannah a hurlé. Aya et Sacha nous ont rejoints. Pétrifiés, impuissants, nous avons tous regardé John s'éloigner de l'ISS en nageant, ou plutôt en volant dans l'espace. Nous sommes restés sidérés devant cette chorégraphie inédite, indécis sur la marche à suivre. Le temps qu'il nous fallait pour mettre nos combinaisons spatiales ne nous laissait aucune chance de le rattraper. De toute façon, John avait tout prévu. Quand il a été assez loin de la station, il a ôté son casque et son dernier vol s'est terminé.

Ce soir, en écrivant ce qu'il s'est passé, je prends encore plus la mesure de ce que chacune de nos vies représente. Avec cette disparition, nous perdons non seulement un homme, un ami, un collègue brillant mais également un océan de connaissances. Ce que John avait en mémoire était ce qu'il possédait de plus précieux pour imaginer un nouvel avenir avec nous. Tous ses souvenirs, toute sa science, toute son intelligence se sont envolés avec lui.

Dès aujourd'hui, je vais demander aux membres de l'équipage de commencer à mettre par écrit tout ce qui leur semble important pour la survie de notre espèce.

ÉRÉMOS

56E JOUR PERPÉTUEL DE L'AN 376 AGS

Lisbeth était un peu impressionnée. C'était la première fois qu'elle entrait dans le bâtiment des Ingénieurs et elle découvrait un lieu étonnant. Des plans de machines décoraient les murs et un énorme moteur, provenant de toute évidence de l'Ancien Monde, était exposé au centre de la pièce. Plusieurs personnes étaient en train de l'observer attentivement, certains le démontaient et d'autres prenaient des notes. L'un d'eux, un homme d'une quarantaine d'années, remarqua sa présence et vint à sa rencontre. Il portait le triangle mauve des Ingénieurs de la troisième rotation.

Il fallait la jouer serrée.

– Hallo Ingénieur, je suis Lisbeth, Hydro du secteur B. Je dois voir un certain Amund.

– Pour quoi faire ?

– Un problème de compresseur sur le troue-terre… Il devait nous étudier de nouveaux réglages…

L'Ingénieur leva un sourcil, puis parut se détendre.

– D'accord, je t'accompagne.

Il lui fit traverser un long couloir, puis descendre un escalier taillé dans la roche qui déboucha au sein d'une vaste pièce dans laquelle quatre personnes étaient penchées sur des tables à dessin.

– Amund, c'est pour toi !

L'intéressé se retourna et attendit que son collègue ait tourné les talons pour éclairer son visage d'un large sourire.

– Oh ben ça alors ! Qu'est-ce que tu viens faire ici, ma grande ?

Soulagée par son accueil, Lisbeth s'avança, se souvenant soudain avec plaisir qu'il l'avait toujours appelée *ma grande* alors qu'elle avait toujours fait deux bonnes têtes de moins que lui. Se tenant debout près de lui, elle put voir la grande feuille couverte de motifs incompréhensibles sur laquelle il travaillait. Il y avait des chiffres et des annotations partout. Pour elle qui s'était arrêtée aux additions, cela lui semblait d'une complexité folle.

– Ça a l'air passionnant, lui dit-elle poliment.

– Ça l'est ! Tu vois, la machine à vapeur c'est bien, mais ça manque de puissance ! Il faudrait entretenir le mouvement par une explosion, puis une deuxième, une troisième… qui entraîneraient l'axe de rotation !

Lisbeth ne voyait pas vraiment de quoi lui parlait Amund, mais il était si enthousiaste qu'elle opina de la tête d'un air entendu.

– J'ai un ami chimiste qui m'a montré un nouveau produit détonant qu'ils ont extrait de l'huile des forages. Si j'arrive à m'en servir pour mon nouveau moteur, je…

Il s'arrêta subitement de parler et lui sourit.

– Excuse-moi. Comme tu peux le constater, je suis toujours aussi bavard qu'à la Pouponnière ! À ton tour, dis-moi, comment tu vas depuis tout ce temps ?

L'un des trois autres Ingénieurs releva soudain la tête et leur lança un regard furibond. Le message était clair. Il avait du travail et cette conversation le dérangeait. D'ailleurs, qu'est-ce qu'une Hydro faisait dans la maison des Ingénieurs ? Et depuis quand est-ce qu'on se rendait visite en plein travail ?

Lisbeth n'avait plus de temps à perdre. Elle se rapprocha de son ami et lui demanda tout doucement :

– Tu sais que ma mère a disparu dans les Brumes ?

– Oui, j'ai vu l'annonce de sa Transformation. Je suis vraiment désolé, Lisbeth. Si tu as besoin de quoi que ce soit, n'hésite pas à venir me voir.

Il eut une moue gênée.

– Où ai-je la tête ? Tu es venue me voir ! Qu'est-ce que je peux faire pour toi, ma grande ?

À son tour, elle lui offrit un pâle sourire.

– En fait, je suis venue te montrer quelque chose.

Lisbeth posa la feuille bien à plat sur le bureau. Amund lut ce qui était écrit et s'empressa de la replier pour la lui redonner.

– Je te raccompagne, lui dit-il d'une voix blanche.

La jeune fille pensa d'abord qu'il s'offusquait comme les autres mais, une fois dans la ruelle, il se mit à lui parler à voix basse :

– Donc, ta mère t'a laissé un mot avant de disparaître dans les Brumes et c'est juste ça : *Où est la Nuit ?* Rien d'autre ?

– Oui, cette seule question est incompréhensible, n'est-ce pas ? La Nuit n'existe plus puisque les Aveugles la contiennent dans leurs corps, non ?

Amund eut soudain l'air pensif.

– Si la Nuit est quelque part, elle ne peut être que là où vivent les Aveugles. La réponse devrait se trouver au Palais… Enfin, c'est ce qui me paraît le plus logique.

– Mais toi Amund, durant tes études, tu n'as rien appris de plus sur la Nuit ?

Il secoua la tête.

– Ce n'est pas mon domaine et je te conseille de ne pas trop parler de tout ça. Ça pourrait t'attirer des ennuis…

– Je veux juste comprendre pourquoi ma mère m'a laissé cette question avant de disparaître.

– On raconte que les Brumes montent parfois à la tête des Pêcheurs, leur font voir des choses qui n'existent pas…

– Comme dans le Dallol ?

– Exactement. C'est peut-être ce qui est arrivé à ta mère ?

– Peut-être, répondit-elle en faisant la moue.

– Crois-moi, parfois l'ignorance protège.

– De quoi parles-tu ?

– Il y a deux ans, un type que je connaissais, un Ingénieur, a été choisi pour travailler au Palais. Ils lui ont demandé de créer un verrou *spécial* pour une porte qui, manifestement, fermait une pièce *spéciale*. Ce travail lui a pris une dizaine de rotations. Ensuite, il a disparu.

– Quoi ?

– Tu m'as bien entendu. Je ne sais pas ce qu'il a vu, mais je suis presque certain que la Milice s'est chargée de lui...

Amund se tut en constatant qu'un des Miliciens postés à l'entrée du Dédale les fixait. Baissant encore le ton, il ajouta :

– Écoute, ma grande, je vais réfléchir à tout ça et, si jamais j'ai une idée géniale, je viens t'en faire part. Mais là, il faut qu'on se quitte.

Cela dit, il fit quelques pas en arrière et, suffisamment distinctement pour que le garde entende bien ce qu'il lui disait, il lui lança :

– Encore désolé pour ta mère, Lisbeth, que son âme rejoigne notre Soleil bien-aimé !

Lisbeth lui sourit d'une manière entendue, puis elle s'en alla en courant en direction des rails. Derrière elle, les Sonneurs annonçaient la troisième rotation. Elle accéléra sa course. Malgré sa fatigue, elle sentait un regain d'énergie. L'accueil chaleureux d'Amund et son écoute lui avaient un peu remonté le moral.

Journal de bord de l'ISS

20 juillet 2025

Ce matin, Anton m'a trouvée prostrée dans ma cabine.

Depuis que John est parti, depuis que ceux que j'aime sont morts, quand je regarde l'espace je n'y vois qu'un gouffre sans fin. Un monde froid et vide. Sans aucun sens. Je sais que je dois faire mon possible pour éviter de penser à tout ça et pour monopoliser mes forces sur notre objectif. Oui, je le sais. Mais cela ne change rien.

Anton a défait les sangles qui me retiennent dans mon sac de couchage et, tout doucement, il m'a tirée hors de ma grotte. Lorsqu'il a attrapé ma main, j'ai subitement pensé à une chose que j'ai apprise en astrophysique : les étoiles vont par paire. Elles forment des couples. Chaque fois que je croise le regard d'Anton, quelque chose se remet en route en moi. Je ne sais pas d'où ça vient, peut-être du désir qu'il m'inspire… Je sais qu'il était marié dans nos vies d'avant et que, pour cette raison, rien n'est encore possible entre nous. Mais je n'y peux rien. Cette attirance, je ne l'ai pas décidée. Elle est simplement là.

En plus de mon journal de bord, j'ai commencé à noter ce qui, dans mes connaissances personnelles, me paraît fondamental pour la survie de l'espèce. Ce n'est qu'un début. Si nous survivons, en plus de reconstruire un endroit vivable et nous reproduire, nous devrons impérativement protéger nos connaissances pour les générations futures. Et puis, même si tous les continents sont recouverts de tonnes de boue, je ne désespère pas de trouver des livres encore en état. Peut-être dans des conteneurs ou dans des sous-sols étanches…

Mais ne mettons pas la charrue avant les bœufs. On doit d'abord réussir notre descente. Dans cette optique, nous avons repris le sport : deux heures trente de vélo, course et muscu quotidiennes ne sont pas de trop pour compenser la perte musculaire occasionnée par ces derniers jours d'apathie. Si nous sommes trop faibles et trop peu musclés, en bas la gravité nous détruira… Nous avons également évoqué la qualité de l'air. Si tous les arbres ont été arrachés, nous serons privés de leur production d'oxygène. Il nous restera celui produit par le phytoplancton des océans. Ce qui devrait suffire en tenant compte du fait qu'avec l'arrêt des activités humaines et animales, la production de CO_2 diminuera de manière conséquente...

Sacha nous a donné dix jours pour nous préparer et étudier à fond la carte du Svalbard. Voilà ce qu'il a décidé : Anton et moi partirons les premiers dans un des deux Soyouz. La place initialement prévue pour John servira à transporter des médicaments, quelques outils, nos livres et une petite réserve de nourriture pour notre arrivée... Ça ne fera pas lourd, mais en nous rationnant, nous pourrons tenir quelques jours. Susannah, Aya et Sacha prendront l'autre capsule Soyouz quelques heures plus tard.

Nous tenterons de viser la Réserve de semences située au Spitzberg. Ce ne sera pas facile, car la marge d'erreur sur la zone d'atterrissage est importante. Si nous atterrissons trop loin du grenier de l'humanité, nous n'aurons pas assez de vivres et nous mourrons certainement de faim avant de pouvoir atteindre notre objectif. Si le Soyouz tombe en mer, le problème sera définitivement réglé, nous n'aurons aucune chance de survie. Dans le cas où nous survivons à l'atterrissage, il faudra encore trouver notre chemin jusqu'au grenier sans carte routière ni GPS puisque tout le système est HS avec l'arrêt des communications terrestres. Heureusement, nous disposons d'un module de navigation inertielle dernier cri Geonyx 3 dans chaque Soyouz. Si Anton arrive à les recaler sur le nouvel axe de rotation terrestre, nous aurons un système valable de guidage au sol. En attendant, il ne nous reste plus qu'à prier je ne sais qui pour qu'Anton réussisse sa bidouille gyroscopique…

« Je ne sais qui », comment as-tu pu faire une chose pareille ?

J'ai toujours été agnostique, mais je ne me refusais pas une croyance en une énergie commune et transcendante. Par exemple, quand j'étais face à un gros problème, il m'arrivait de demander de l'aide à « l'Univers ». Mais, après avoir été témoin de cette terrible catastrophe, comment croire encore en une quelconque entité ?

ÉRÉMOS

57E JOUR PERPÉTUEL DE L'AN 376 AGS

Entrer au Palais des Aveugles était une chose impossible. S'entretenir avec l'un d'eux l'était tout autant. Aussi, après sa visite à Amund, Lisbeth décida-t-elle de mettre la question de sa mère en suspens. En bonne Érémosienne, elle rejoignit sa rotation et se concentra sur son travail. À un moment, prise dans la répétition de ses gestes, elle oublia que sa mère avait disparu. En voyant une immortelle des dunes, elle pensa : *Il faudra que j'en ramène un brin à ma mère, elle la fera sécher pour en faire de la tisane*. L'instant d'après, la réalité lui revint, aussi brutale qu'un coup de poing dans le ventre. Cependant, plutôt que de se laisser gagner par la morosité, elle décida d'aller secouer Sverre. Depuis qu'elle l'avait questionné sur la Nuit, il ne lui adressait plus la parole et déjeunait à l'écart. Elle le soupçonnait de boire à chaque pause. D'ailleurs, il était parti se cacher derrière la dune, certainement pour prendre le remède qui l'éloignait un peu de son chagrin.

– Sverre, viens déjeuner avec nous…

L'haleine lourde, il lui lâcha :

– Ça y est, ils l'ont emmené.

– …

– Ils l'ont emmené dans le Dallol.

– Je suis désolée… Si je peux faire quoi que ce soit ?

Il ne semblait pas l'avoir entendue. Il fixait le sable, l'œil éteint.

– Sverre ?

– Laisse-moi, tu ne peux rien pour nous. Personne ne peut rien pour nous.

Il s'allongea, plaça sa casquette devant ses yeux et fit mine de dormir. La conversation était close. Lisbeth aurait voulu qu'ils partagent leur tristesse et qu'ils se soutiennent l'un l'autre, comme par le passé. Mais Sverre n'était que l'ombre de lui-même, et une ombre n'a rien à partager.

Après cette triste rotation, Lisbeth n'avait plus qu'une envie : savoir si Viggo serait devant l'étal de la Bijoutière. En descendant du chariot, elle réalisa qu'elle était couverte de poussière du désert de la tête aux pieds. En passant le doigt sur son avant-bras, elle pouvait même y dessiner un Soleil ! Mais elle ne voulait pas perdre de temps en rentrant chez elle pour se laver. Aussi se rendit-elle directement là-bas et fut heureuse de constater qu'il l'y attendait.

– Hallo Lisbeth.

– Tu sais, je suis venue le cinquante-cinquième JP…

Il lui sourit.

– Et moi le cinquante-sixième…

Il tendit sa main vers elle et l'ouvrit. Pas de tour de magie cette fois. Pourtant, un scarabée vert reposait dans sa paume. Lisbeth le regarda d'un air étonné.

– Je l'ai trouvé dans mes vêtements en me réveillant. Il est venu s'y endormir et j'y ai vu un signe…

Lisbeth saisissait parfaitement l'allusion de Viggo. Un scarabée était un symbole de bonheur et d'amour partagé.

– Qu'en penses-tu ? Il te plaît ?

– Il est magnifique.

Viggo se tourna vers la Bijoutière.

– Peux-tu le monter en pendentif ?

– Bien sûr !

La femme chaussa des petites lunettes et consulta une sorte de gros livret.

– Je peux le préparer pour le soixante-troisième ou le soixante-quatrième JP…

Viggo se figea.

– Le soixante-quatrième… répéta-t-il sur un ton étrangement monocorde.

– Cela ne te va pas ?

– Si… Si, très bien !

Lisbeth ne comprenait pas ce qu'il se passait.

– Viggo, tu… tu n'es pas obligé de…

– J'en ai envie, dit-il, avant de tendre une petite liasse à la Bijoutière.

Mais cette dernière ne les prit pas.

– Tu me donneras tes Sols au moment de la remise de l'objet.

– D'accord.

Lisbeth était touchée par son geste, mais elle ressentait comme un malaise.

– On marche ? lui proposa-t-elle.

– On marche, acquiesça-t-il et un sourire revint illuminer son visage.

Pour la deuxième fois depuis qu'ils s'étaient rencontrés, ils se mirent à déambuler dans les ruelles semi-enterrées de la Cité. Ils ne disaient rien. Ils se contentaient de marcher main dans la main. Peu à peu, le corps de Lisbeth se détendait. Son esprit se vidait agréablement. Elle ne pensait plus à rien. Elle se contentait de ressentir le bonheur simple que lui procurait la compagnie de ce jeune homme. Au bout d'un moment, ce fut lui qui revint sur son humeur changeante.

– Excuse-moi pour tout à l'heure… Je ne suis pas très bien en ce moment…

– Ah bon ? Qu'est-ce qui t'arrive ?

– Une chose qui ne se dit pas sur Érémos.

– Même pas à moi ?

Il lui sourit tendrement et se pencha vers elle pour lui chuchoter à l'oreille.

– Je ne suis pas sûr d'être fait pour mon travail.

– Ah bon ?

– Jusqu'ici, j'ai exécuté des missions variées et cela m'allait très bien. Mais ce qui m'attend m'inquiète.

– S'il s'agit du bizutage, on s'en fait tout une noireté mais je t'assure que ce n'est rien.

– Ce n'est pas ça…

– Tu ne veux pas être plus clair ? J'ai du mal à comprendre.

Il s'arrêta pour se mettre face à elle.

– Écoute, je t'en parlerai plus tard. Quand je suis avec toi, je pense à autre chose qu'à mes soucis et… je me sens heureux.

– Moi aussi je me sens bien avec toi.

Viggo l'enlaça. Ses yeux verts plongèrent dans ceux plus sombres de Lisbeth et ses lèvres se mêlèrent aux siennes. Ce premier baiser opéra comme un tour de magie. Tout le temps qu'il dura, Lisbeth se sentit intouchable, presque immortelle…

Journal de bord de l'ISS

30 juillet 2025

C'est le jour J. Mon carnet sur les genoux, j'écris ces quelques mots avant de partir. Nos coéquipiers sont en train de fermer l'écoutille qui sépare le module orbital du Soyouz de l'ISS, et moi, j'ai la gorge serrée. Je n'ai pas réussi à dire au revoir à Sacha, Susannah et Aya. L'un après l'autre, Anton les a longuement serrés. Moi, je n'ai pas pu. J'ai senti qu'une fois dans leurs bras, je ne serais plus capable de partir. J'ai préféré me contenter d'un « À plus ! », prononcé d'une voix de chatte enrouée. Ensuite, nous avons enfilé nos combinaisons, nous nous sommes faufilés dans le Soyouz et nous nous sommes attachés à nos sièges pour la descente.

Le voyage vers la Terre devrait durer environ trois heures trente. Les procédures de désarrimage commenceront dans dix minutes et, dans vingt minutes, l'équipage déclenchera l'ouverture des crochets qui maintiennent le Soyouz MS-03 à la station. Des ressorts vont nous pousser et, une fois lâchés dans l'espace, nous dériverons. Lorsque nous serons à une vingtaine de mètres de distance de l'ISS, les systèmes de propulsion se mettront en route. Dès que nous arriverons à environ cinq cents mètres de la station, nous tenterons de pousser les gaz au maximum afin de nous placer sur la bonne orbite de rentrée.

Après le désorbitage, ce sera le grand plongeon.

Trente minutes avant l'atterrissage, à cent quarante kilomètres d'altitude, la capsule se séparera en trois parties, grâce à des boulons explosifs. Seul le module de descente, où nous sommes installés, est équipé d'un bouclier thermique pour résister à l'entrée dans l'atmosphère. Les deux autres vont s'y désintégrer tandis que notre capsule se contentera de prendre feu. Les frottements de l'atmosphère qui freineront le module le chaufferont à des températures très élevées. À trente-cinq kilomètres d'altitude, la décélération sera si intense que nous subirons une pression de 4 G. Il ne nous restera plus qu'à ouvrir le parachute du module et à prier (mais qui ?).

Après trois mois en apesanteur, ce sera un retour extrêmement brutal sur un monde, petit 1 : régi par la gravité, petit 2 : post-apocalyptique.

Anton a commencé le décompte.

Avec un brin de superstition je tapote l'harmonica dans la poche de ma combinaison. Finalement tu rentres avec nous, John.

C'est parti pour la descente.

ÉRÉMOS

60E JOUR PERPÉTUEL DE L'AN 376 AGS

Viggo n'était pas venu le cinquante-huitième JP comme il le lui avait promis. Loin de s'affoler, Lisbeth avait préféré se remémorer ses mots doux et ses regards appuyés. Après tout, ils n'en étaient pas à leur premier contretemps.

Le cinquante-neuvième JP, après sa rotation, elle était restée un long moment devant l'étal de la Bijoutière. En vain.

Ce soixantième JP n'avait rien à envier aux deux autres.

Rotation médiocre.

Sentiment de solitude.

Et angoisse de constater que Viggo ne revenait pas.

Lisbeth rentra chez elle avec la boule au ventre, réalisant qu'elle ne savait pratiquement rien sur lui, ni où il habitait ni quelle profession il exerçait. Avec le recul, elle regrettait de ne pas l'avoir davantage questionné sur ses problèmes de travail. Le fait qu'il ne portait pas d'écusson ne la rassurait pas. Et s'il était destiné à devenir un Aveugle ? Et si son inquiétude était liée à la Cérémonie d'Investiture qui approchait ? Avait-il transgressé une règle ? Ou tenté de s'enfuir comme Tobias ? Toutes ces questions la tourmentaient. La seule idée de ne plus revoir Viggo lui paraissait insurmontable. Elle se mettait à la place d'Hélin, imaginant ce qu'elle avait dû ressentir lors de l'Investiture de Tobias.

Hélin.

Maintenant qu'elle y pensait, Hélin était la seule personne de son entourage qu'elle n'avait pas encore questionnée. Comme elle travaillait sur une rotation décalée par rapport à la sienne, Lisbeth devrait empiéter sur son temps de repos et risquer de perdre à nouveau des Sols pour espérer la trouver chez elle. Mais au point où elle en était, ça lui était égal. Elle se prépara rapidement et ressortit.

Lisbeth se souvenait que la jeune Pêcheuse habitait en bordure d'Érémos, pas très loin de la zone arborée. Elle y avait accompagné sa mère une fois, il y avait longtemps. Lorsqu'elle arriva dans le quartier, elle remarqua qu'il y flottait une légère odeur de résine. Cette senteur agréable lui donna envie de poursuivre sa route jusqu'aux arbres, mais elle se contenta de frapper trois coups secs sur la porte métallique.

– C'est ouvert ! entendit-elle.

Lisbeth entra dans une pièce qui lui parut minuscule. Pourtant, elle obéissait aux standards érémosiens pour une personne, c'est-à-dire la moitié de son propre logement. Hélin, penchée sur une jarre, était en train de vider un poisson. Une quinzaine d'autres avaient déjà subi le même sort.

– Lisbeth ? Tu ne devrais pas être en repos ? s'inquiéta Hélin.

Lisbeth haussa les épaules.

– J'ai réussi à éviter la Milice…

Maintenant qu'elle était là, elle se sentait mal à l'aise.

– Bon… Viens donc t'asseoir, lui proposa Hélin en poussant une natte vers elle.

Tandis qu'elle s'exécutait, Hélin s'essuya les mains sur un torchon et se leva pour attraper deux petits bols en bois. Elle y versa un breuvage blanc et, lorsqu'elle revint s'asseoir face à Lisbeth, elle lui tendit un des bols.

– Tiens, je viens justement de préparer ce lait de figue.

Lisbeth trempa ses lèvres dans la boisson délicieusement désaltérante. Elle avala tout le contenu de sa tasse, puis demanda :

– Tu n'aurais pas quelque chose de plus fort ?

Hélin fronça les sourcils.

– Boire de la mahia ne te fera pas te sentir mieux, Lis…

– Lisbeth, la corrigea-t-elle pour la centième fois.

Hélin l'observa avec tendresse. Lisbeth détestait ça. Après tout, elles n'étaient pas de la même famille ! Agacée, elle cogna légèrement le cul de sa tasse sur la table.

– Alors, tu m'en donnes, oui ou non ?

– Ce n'est pas une bonne idée.

– Juste une goutte !

La jeune Pêcheuse soupira. Néanmoins, elle se releva pour aller chercher une petite fiole qui ressemblait à celle que Sverre emportait sur le chantier. Elle en versa une larme dans la tasse de Lisbeth qui l'avala cul sec. Le breuvage lui brûla la gorge. C'était fort. Elle tendit de nouveau sa tasse.

– Un peu plus, s'il te plaît.

– Tu devrais y aller doucement…

Impatiente, Lisbeth attrapa la fiole pour se resservir toute seule. Sans attendre, elle avala une seconde rasade.

– Ta mère te manque. Je comprends ce sentiment de perte, ce vide au creux de l'estomac… Je l'ai vécu moi aussi… Pour le moment, ça te paraît insoutenable, mais tu verras… la douleur s'estompera peu à peu…

Hélin savait de quoi elle parlait. Elle avait perdu ses deux parents quelques JP avant de recevoir son écusson. Une grave intoxication avec des coquillages crus, si se souvenait bien Lisbeth… C'était d'ailleurs pour cette raison qu'Ava l'avait prise sous son aile lorsque sa fille était devenue Hydro.

– Ma mère a fait exactement comme mon père. Pourquoi ? Pourquoi tous les gens de ma famille s'approchent des Brumes ? Pourquoi ils sont tous avalés par la mer des Nuées ? demanda Lisbeth d'une voix suraiguë.

Hélin plongea son regard clair dans les yeux noirs de la fille d'Ava et, à son tour, elle versa un peu de mahia dans son lait de figue.

– Au moins, tu as échappé au destin de ta famille, lui fit-elle remarquer.

Lisbeth ébaucha un demi-sourire.

– Ça, c'est sûr, ma mère n'aurait pas pu m'envoyer plus loin des Brumes ! Ni plus loin d'elle, d'ailleurs ! ironisa-t-elle.

– Écoute, Lisbeth, tu es fatiguée. Tu es venue sur ton temps de sommeil et je pense que tu devrais aller te reposer.

– Me reposer ? Comment tu veux que je dorme alors que ma mère m'a laissé une question à laquelle il m'est impossible de répondre ? marmonna Lisbeth.

– Une question ? Dans l'enveloppe ?

– Je sais vraiment pas pourquoi elle me l'a posée *à moi* alors que, ces derniers temps, c'est *à toi* qu'elle disait tout ! Finalement, je crois que j'aurais préféré qu'elle te la pose *à toi*, Hélin…

– Mais enfin qu'est-ce que tu racontes ?

L'ivresse montait. Lisbeth pencha sa tête en arrière afin de regarder de haut celle qu'elle considérait comme sa rivale. Bizarrement, elle se vit elle-même dans les yeux de cette dernière, et se trouva ridicule. Elle se sentit soudain idiote, puis lasse, puis nauséeuse. Elle retourna sa tasse vide sur la table. Autour d'elle, la pièce tanguait désagréablement.

– Tu veux savoir ce qu'elle m'a demandé ? Vraiment ? articula-t-elle à grand-peine.

– Oui, bien sûr.

– *Où est la Nuit ?* Voilà ce qui était écrit dans cette fichue enveloppe ! T'as une idée, toi ? Parce que moi... Moi, pas du tout ! Regarde, ce matin j'ai même ouvert ce machin pour voir si la Nuit était dedans et j'y ai rien trouvé ! Rien du tout !

Lisbeth sortit de son sac les différentes parties de l'objet rectangulaire et noir qu'elle n'avait pas réussi à refaire tenir ensemble. Elle les étala devant elle : du verre opaque brisé et du métal rouillé. Pensive, Hélin les remua du bout de l'index.

– Noireté ! C'est un objet de l'Ancien Monde ? Tu l'as rapporté chez toi ? Tu cumules les infractions ! Qu'est-ce que tu cherches ? À te faire punir ?

– Chut ! fit la fille d'Ava en plaçant maladroitement son index devant sa bouche.

Hélin se calma, puis elle répéta une fois : « *Où es la Nuit ?* »

– Alors ? T'as une idée, oui ou non ? s'impatienta Lisbeth dont la langue devenait pâteuse.

– Je ne sais pas… La Nuit, c'était la menace que mes parents et ma nourrice brandissaient quand j'étais enfant… Ils me répétaient souvent que, si je n'étais pas sage, ce serait le chaos, la Nuit, la fin de toutes choses. Ils me racontaient que, dans les temps anciens, les hommes s'étaient mal comportés, que le Soleil s'était éteint et que les Aveugles…

– Bla bla bla ! Je sais déjà tout ça ! s'agaça Lisbeth.

– Bien sûr que tu sais tout ça et, moi, je ne sais rien d'autre que ce que tu sais. Et, de la même manière, je ne t'apprendrai rien en te disant que les Aveugles sont les seuls à connaître intimement la Nuit.

– Tu pourrais demander à Tobias ?

Cette fois, le visage d'Hélin se referma.

– Allez, je sais que c'est Tobias qui t'a offert ce pendentif…

– Arrête, s'il te plaît, Lisbeth.

– Tu peux au moins lui poser la question !

Hélin secoua la tête.

– Tobias ne me dira rien. Son savoir est inaccessible.

– *Inaccessible*, répéta Lisbeth en pensant à Viggo.

Puis, elle voulut se resservir de la mahia.

– Non, cette fois tu arrêtes ! décréta Hélin, et elle alla aussitôt remettre le flacon sur l'étagère.

Cependant, elle ne parut fâchée qu'un court instant.

– Écoute, Lisbeth, je n'en suis pas sûre, mais j'ai peut-être une piste…

– Une piste ? répéta-t-elle en constatant que ses paupières étaient affreusement lourdes.

Hélin acquiesça.

– Il y a une chose que tu ne sais pas. Tu te souviens quand ta mère est allée s'échouer vers le Cap ?

– Comment l'oublier ?

– Eh bien, là-bas, elle a rencontré quelqu'un.

Journal de bord

30 juillet 2025

La gravité est un cauchemar.

Nous avons atterri sur la terre ferme. Je ne m'en suis pas rendu compte tout de suite parce que j'ai fait un énorme malaise vagal. Je me suis réveillée étourdie, avec l'impression de ne plus avoir de cerveau. Pendant quelques secondes, je ne savais plus où j'étais, ni même qui j'étais. J'avais la sensation d'être coincée entre la vie et la mort. J'ai enlevé mon casque et avalé ma première bouffée d'air. Puis j'ai attrapé mon carnet comme si c'était ma bouée de sauvetage.

Ce n'est pas facile d'écrire. Dès que je tourne la tête, j'ai envie de vomir. Anton, lui, n'a pas résisté, il a rendu son dernier repas sur ses genoux. L'odeur est difficile à supporter mais, le pire, c'est cette sensation de lourdeur intense de tout le corps.

C'est comme si je pesais des tonnes. Nous allons devoir attendre au moins une bonne heure avant de trouver la force d'ouvrir la porte du Soyouz. Il nous faudra environ une demi-heure de plus pour trouver celle de nous extirper de là. Et c'est plutôt flippant d'attendre comme ça. On sait tous les deux que si le vent souffle trop fort dehors, il peut emporter notre parachute et nous traîner sur le sol. Le plus grave, ce serait de se retrouver dans l'eau…

« Comment tu te sens ? » vient de me demander Anton.

J'ai répondu que j'ai l'impression de me trouver sous une vache morte… et puis je lui ai renvoyé sa question. « Je suis tout entier réduit à un seul et unique rêve… Celui de respirer une autre odeur que celle de mon déjeuner à moitié digéré ! » m'a-t-il confié avant de pouffer de rire.

Ce type est vraiment extraordinaire ! Comment fait-il pour rire à un moment pareil ? Comment fait-il pour rire quand nos muscles sont atrophiés après tous ces mois en apesanteur et qu'on a l'impression que notre cœur a pris la taille d'une mandarine ? Comment fait-il pour rire quand nous savons que ce qui nous attend dépasse de loin nos pires cauchemars ?

En tout cas, si jamais on n'arrive pas à se sortir de là, je serai heureuse de partager mes dernières heures avec ce mec... Bon allez, je range mon carnet. Pour le moment, nos corps sont nos priorités absolues.

ÉRÉMOS

61E JOUR PERPÉTUEL DE L'AN 376 AGS

Le tintement du garde-temps tira Lisbeth d'un profond sommeil. Elle eut du mal à ouvrir les yeux et, lorsqu'elle y parvint, elle eut une bouffée d'angoisse. Pourquoi sa maison avait-elle rétréci ? Puis elle se rappela où elle était.

– J'ai… J'ai dormi là ? s'étonna-t-elle en repoussant la couverture de chanvre tissée qui recouvrait son corps.

Hélin, qui dormait à côté d'elle, se réveilla aussi.

– J'ai recalé mon garde-temps pour que tu ne sois pas en retard.

Délicate attention.

– Merci, prononça Lisbeth du bout des lèvres.

Loin au-dessus du toit de la maison, un coup métallique retentit. Il lui restait un sablier pour se préparer et se rendre sur le chantier. Elle voulut se lever, mais passer de la position couchée à la position assise lui provoqua un atroce mal de tête. Elle avait même mal derrière les yeux.

– Sers-toi un grand verre de lait de figue, ça te fera du bien, lui conseilla Hélin.

Lisbeth se leva et se traîna jusqu'à la petite cuisine. Ses tempes cognaient. Elle s'imagina en train de travailler sous le Soleil et se jura de ne plus jamais toucher à la mahia...

Une fois dehors, Lisbeth tenta de remettre ses pensées en ordre. Si elle avait oublié les derniers instants de la soirée, elle se rappelait parfaitement la confidence qu'Hélin lui avait faite. Ava avait rencontré quelqu'un au Cap. Un homme qui vivait seul, caché dans les dunes, affranchi des règles de la Cité. Pour une raison qui lui échappait encore, sa mère avait peut-être voulu retourner le voir ? Peut-être même qu'elle était encore là-bas ? Pour le savoir, il n'y avait qu'une chose à faire : se rendre au Cap à son tour. Le problème, c'est que le trajet était trop long pour être effectué sur son temps libre. Elle devait demander à quelqu'un de la couvrir et elle ne voyait pas beaucoup de candidats à part Sverre. Tout en se rapprochant des rails, elle cherchait comment s'y prendre pour lui demander ce gros, ce très gros service. Elle reconnut de loin sa silhouette filiforme. Sa casquette enfoncée jusqu'aux yeux, assis sur le rebord d'un chariot, il les attendait, Odd et elle.

– Hallo Sverre.

– Hallo Lisbeth, marmonna-t-il.

Elle tâta le terrain.

– Ça va ?

– Ça va, répondit-il sans conviction.

Cela n'allait pas être facile.

Odd arriva, les salua tous les deux d'un mouvement de tête et mit le moteur en marche.

Le trajet fut particulièrement silencieux. Chacun semblait perdu dans ses pensées. Lisbeth décida qu'elle poserait sa question plus tard, une fois à l'abri des oreilles d'Odd.

– J'ai repéré des végétaux dans une ornière, les prévint ce dernier peu après leur arrivée.

– Montre, s'intéressa Lisbeth.

Il les conduisit au pied d'une dune et leur désigna un creux dans lequel poussaient courageusement quelques brins d'herbe.

– On commence ici ? leur demanda-t-il.

– Ça me semble une bonne idée. Ce puits ne sera pas très loin du canal souterrain qu'on a creusé sur les dernières rotations. Qu'est-ce que tu en penses, Sverre ?

Son coéquipier ne fit aucun commentaire. A priori, il avait décidé de se laisser porter. Sans plus.

Pendant la pause, Lisbeth se rapprocha de Sverre pour lui proposer de déjeuner avec lui mais, comme tous ces derniers jours, il l'ignora et alla s'installer à l'écart.

– On mange ensemble ? proposa le Renifleur.

Lisbeth avait déjà remarqué qu'Odd faisait tout ce qu'il pouvait pour lui être agréable.

– D'accord.

Visiblement content, il s'assit face à elle, sortit un pain de maïs bien doré, le fendit en deux et lui en tendit une moitié.

– C'est gentil, mais j'ai des boulettes de fonio.

– OK ! fit-il en croquant à pleines dents dans son pain.

Tout en grignotant ses boulettes du bout des lèvres, Lisbeth observait le profil ombrageux de Sverre. Elle se demandait comment renouer contact avec lui.

– Je ne sais pas ce qu'il se passe entre toi et lui mais je n'ai jamais vu une équipe aussi mal assortie. Si tu veux mon avis, tu devrais demander à changer de rotation.

– Tu te trompes. Sverre est mon ami. C'est juste qu'il n'est pas dans son état normal en ce moment… Moi non plus d'ailleurs…

– Sale période ?

– On peut dire ça.

– En tout cas, moi je suis là si tu as besoin de quelque chose.

Cette proposition inattendue lui fit brusquement monter les larmes aux yeux. Dans son regard, la silhouette de Sverre se brouilla.

– En fait, j'aurais peut-être un service à te demander…

– Je t'écoute.

La jeune fille se pencha en avant pour lui chuchoter sa question. D'un geste, Odd glissa sa lourde mèche blonde derrière son oreille.

– Est-ce que ça t'embêterait de faire mon travail en plus du tien sur la prochaine rotation ?

Il eut un mouvement de recul.

– Noireté ! Je ne m'attendais pas à ce genre de service.

Son interjection sembla réveiller Sverre. Il jeta un coup d'œil dans leur direction.

– Tant pis, je comprends… lui dit-elle en se relevant.

Mais Odd attrapa sa main pour l'empêcher de partir.

– Attends, Lisbeth.

– Non, tu as raison. Excuse-moi, je ne peux pas te demander ça.

Lisbeth se dégagea de son emprise et repositionna ses lunettes de protection devant ses yeux.

– Je vais le faire.

– Quoi ?

– Je vais faire ce que tu me demandes, mais à une condition.

– Je t'écoute, fit-elle en levant un sourcil sceptique.

Odd se leva à son tour. Debout, il la dépassait d'une tête. Ses longs cheveux blonds flottaient sur ses épaules et, en les traversant, le Soleil qui brillait dans son dos les réchauffait d'un éclat spectaculaire.

– Rien de bien méchant. J'aimerais juste que nous allions ensemble à la prochaine Grande Cérémonie d'Investiture.

Lisbeth le regarda sans comprendre.

– Je voudrais te voir hors du travail, apprendre à te connaître, c'est tout, insista-t-il.

Voilà qui était clair.

– Je suis désolée, Odd, mais j'y vais déjà avec quelqu'un.

Le visage du jeune homme se ferma. Il était évident qu'il se forçait à sourire quand il lui répondit :

– D'accord, c'est pas grave. Je vais quand même le faire. Je ferai ce que tu m'as demandé, Lisbeth…

Journal de bord

31 juillet 2025

Anton a été le premier à réussir à s'extirper du Soyouz. Moi, je me sentais tellement écrasée par la gravité que je me disais : « À quoi bon ? » J'avais l'impression que de la glu me retenait collée à mon siège. Depuis l'extérieur, Anton me criait « À toi Lucie ! » mais ça me semblait au-dessus de mes forces. Évidemment, il ne m'a pas lâchée. Il n'a pas cessé de m'encourager jusqu'à ce que je me retrouve dehors, allongée près de lui. Bizarrement, on a ri de se sentir dans la peau de deux baleines échouées. Et puis en tournant la tête, on a vu des dizaines de phoques en décomposition un peu plus loin et on s'est tus pour revenir à nos douleurs, à nos morts que l'on ne reverrait jamais.

Nous avons scruté les environs. De toutes parts s'étendait la plaine noir et gris, complètement irréelle, d'un fond marin déserté par la mer.

Voilà donc ce qu'est devenu le monde.

Il est 17 heures à ma montre.

J'observe le ciel.

Un ciel nouveau.

Étrangement, je le trouve sombre malgré ce Soleil perpétuel qui nous accueille en nous promettant un jour sans fin. Dire qu'on avait imaginé toutes les apocalypses possibles. Réchauffement climatique, désertification, montée des eaux, nouvelle ère glaciaire, guerre nucléaire, extinction de masse… Finalement, le ciel aura décidé d'abréger nos angoisses en accélérant les choses.

Nous étions si fragiles.

Nous sommes si fragiles.

Deux êtres vivants, peut-être les derniers, dont les cœurs battent encore ici-bas.

Mutiques, nous sommes restés allongés dans nos combinaisons pendant un long moment. J'ai refait le tour de mes deuils impossibles jusqu'à celui du seul monde que j'ai connu… Et puis quelque chose a dit STOP dans ma tête. J'ai fait le choix de descendre, le choix de tenter quelque chose et je dois y consacrer toutes mes forces. Ça a été mon tour de nous encourager. J'ai lancé : « Il faut qu'on se bouge ! »

La première chose à faire, c'était d'enlever nos combinaisons d'astronautes. Après tout ce temps passé dans l'espace, c'était comme une mue. Débarrassés de nos carapaces, nous nous sentions toujours aussi lourds mais tellement vulnérables. Ensemble, on a commencé à faire des exercices pour réhabituer notre corps à la gravité. Lever un bras. Lever une jambe. C'était un vrai supplice. Si la fin du monde n'avait pas eu lieu, si comme prévu on était descendus un peu avant Noël, une équipe médicale serait venue nous chercher. De gentils Russes baraqués nous auraient transportés dans leurs bras musclés et on aurait passé entre quinze jours et un mois sous surveillance médicale...

Il n'y aura pas de gentils Russes.

Pas de bras musclés.

Pas de surveillance médicale non plus.

On a réussi à se traîner à l'ombre du Soyouz.

Et puis on a réussi à manger un peu.

Il est 1h14 à ma montre. Il est censé être 1h14 du matin mais, imperturbable, le Soleil n'a pas bougé de place. Et il ne bougera pas de place. Il cogne sur nous comme un Soleil de midi. Bien sûr, nos calculs l'avaient prévu, mais le vivre, c'est encore autre chose...

Et puis il y a ce silence...

Ce silence glaçant.

Aucun oiseau.

Aucun avion.

Juste ce vent qui vient balayer les âmes.

De là où nous sommes assis, on aperçoit au loin des reliefs montagneux de ce que nous espérons être la côte du Svalbard. Anton vérifiera ça dès qu'il aura suffisamment récupéré pour aller chercher son matériel dans le Soyouz.

En attendant, nous scrutons le ciel. Pour l'heure, notre vœu le plus cher serait d'y apercevoir l'étoile filante de la capsule de nos camarades.

Mais le ciel lui-même est incandescent.

Il n'y a rien au-dessus de nos têtes.

Rien d'autre que ce Soleil brûlant.

ÉRÉMOS

61E JOUR PERPÉTUEL DE L'AN 376 AGS

Grâce à Odd, Lisbeth disposait de sept rotations pour se rendre au Cap. C'était court mais suffisant à condition de ne pas perdre de temps. Aussi rentra-t-elle chez elle en courant pour fourrer quelques figues séchées et une gourde d'eau dans son sac. Elle était sur le point de repartir quand elle pensa au cadran de Viggo. Si elle se faisait arrêter et qu'on trouvait ça sur elle, elle paierait le prix fort. Mais elle n'était jamais vraiment sortie d'Érémos et avoir cet objet sur elle la rassurerait. Elle le prit donc avec elle.

Afin de ne pas se faire remarquer par la Milice, Lisbeth se força à traverser le centre d'Érémos d'un pas tranquille. Elle se fondit à la masse grouillante et perpétuellement active des Érémosiens et sortit bientôt de la Cité. Ensuite, elle se faufila sous les arbres et, pour éviter de se montrer sur le port, elle préféra longer la bande de forêt côtière…

Pour ce faire, elle n'eut d'autre choix que de passer tout près de la Forêt des Âgés. À travers les fougères, la jeune fille observa un moment un groupe de femmes assises en cercle sur un tapis d'aiguilles de pin. Installées les unes derrière les autres, elles étaient six, chacune peignant les longs cheveux blancs de la personne assise devant elle. Le calme qui se dégageait de ce tableau, les senteurs qui montaient du sol et des arbres, la lumière adoucie par les feuillages et le balancement des branches occasionné par la brise la bouleversèrent. Les larmes aux yeux, elle se rendit compte qu'elle avait envie d'aller voir ces vieilles dames et de se joindre à elles. Mais elle comprit bien vite que ce qu'elle voulait au fond, c'était retrouver sa mère, revivre un de ces moments si précieux de son enfance durant lesquels sa mère lui brossait longuement les cheveux. Elle savait que ce n'était pas possible et pourtant elle dut se secouer. Depuis le sommet de la tour du Palais des Aveugles, les Sonneurs continuaient d'égrener le temps. Ils semblaient la rappeler à l'ordre. L'échine tendue, elle reprit sa marche vers l'est.

Tout en slalomant au milieu des pins, elle vérifiait régulièrement la position du Soleil derrière son épaule gauche. Elle avait eu peur qu'il ne disparaisse derrière les arbres, mais elle voyait toujours sa silhouette et, pour le moment, le cadran ne lui était pas utile. Lorsqu'elle pensa s'être suffisamment éloignée du port et de la Cité, elle rejoignit la côte.

Plus de maison.
Plus de ponton.
Plus de bateau.

Face à elle, il n'y avait plus que la mer des Nuées et cette large langue de sable à perte de vue. Lisbeth se détendit un peu. Elle s'étonnait de la facilité avec laquelle elle venait de sortir d'Érémos. Pourtant, aucun mur, aucune loi n'interdisait clairement de quitter la Cité. Et cela pour une raison bien simple : dès l'enfance, on apprenait qu'il n'existait aucun lieu vivable en dehors d'Érémos. La cartographie était la suivante : au sud, la mer des Nuées et les Brumes formaient une barrière naturelle. Au nord, on atteignait vite le désert de Dallol et ses chaleurs létales. Si on s'enfonçait trop vers l'est ou vers l'ouest, des vents terribles soulevaient des bourrasques de sable qui vous fouettaient le visage jusqu'à vous rendre fou. Et puis, quelle raison auraient pu avoir les Érémosiens d'abandonner la sécurité de la Cité ?

En son sein, nul ne s'inquiète de l'avenir.

En revanche, il était formellement interdit de déserter son travail comme Lisbeth s'apprêtait à le faire. Pire que ça, elle avait demandé à Odd, qu'elle connaissait à peine, d'être son complice. Si jamais cela se savait, ils auraient tous les deux des problèmes. Mais il était trop tard pour penser à ça. Elle devait se concentrer sur son objectif : retrouver cet homme que sa mère avait rencontré et qui, si incroyable que cela puisse paraître, vivait seul sur la côte. C'était presque inimaginable. La notion même d'étranger était inconnue sur Érémos. Il y avait Érémos, et puis... c'était tout.

« Qu'est-ce que tu racontes ? Tu dis que cet homme n'avait pas d'écusson ? Qu'il vivait seul à l'écart de la Cité ? » avait-elle lancé à Hélin. « Je ne fais que te répéter ce qu'Ava m'a dit. Elle m'a fait promettre de garder ce secret. C'est pour ça que j'ai hésité avant de t'en parler... Ce qui était évident, c'est qu'elle était perturbée par cette rencontre et, maintenant, je me demande si ce n'est pas cet homme qui lui a mis cette étrange question en tête... » Lisbeth était restée un moment sidérée. L'esprit embrumé par l'alcool, elle s'était brusquement demandé si elle connaissait vraiment sa mère. Puis, repensant à la distance qui existait désormais entre Sverre et elle, elle avait marmonné, la bouche pâteuse :

– Connaît-on vraiment les gens qu'on croit connaître ?

Pour toute réponse, Hélin était allée lui chercher un verre d'eau. Lisbeth l'avait avalé avec avidité, mais cela n'avait pas suffi à diluer la boule qu'elle avait dans la gorge. Une fois de plus, sa mère avait choisi de se confier à Hélin et non à sa fille. Pour quelle raison ? Parce que la jeune Pêcheuse était plus âgée qu'elle ? Ou bien parce que, partageant son étal avec Hélin, Ava se sentait plus proche de cette dernière que de sa propre fille ? Lisbeth lâcha un grognement et balaya ces questions qui pesaient sur elle comme des poids morts. Elle devait avancer. Elle verrait bien ensuite où ses pas la mèneraient.

Journal de bord

1er août 2025

7 h 46

Jusqu'ici le programme a été simple.

Manger.

Nous hydrater.

Faire fonctionner nos muscles.

Nous encourager mutuellement.

Et arrêter de tout faire tomber par terre parce qu'on a oublié que les choses ne flottent plus...

Dans le monde d'avant, la nuit offrait un peu de fraîcheur. Maintenant, la température est tout le temps la même : insupportable. Il nous a fallu quelques longues respirations pour habituer ce corps si lourd à cette chaleur étouffante, quelques heures pour arriver à garder la position debout et quelques minutes de plus pour réapprendre à marcher en faisant bien attention où l'on pose les pieds. Nous n'oublions pas que nos os ont été fragilisés dans l'espace et que la moindre fracture de fatigue serait catastrophique.

14 h 29

Anton a connecté sa tablette avec le module Geonyx et a situé notre point de chute sur la plaque continentale du Spitzberg à seulement 130 kilomètres de notre objectif. C'est quasiment miraculeux ! Une cinquantaine de kilomètres plus à l'ouest et nous plongions dans la fosse océanique où s'est retirée la mer du Groenland ! Vers l'est, on devine la côte occidentale du Spitzberg et les reliefs montagneux du Svalbard. Notre Graal est là-bas, à la fois proche et si loin, et nous savons déjà qu'une aussi longue marche sous ce soleil perpétuel va nous donner chaud, très chaud... Comme on nous l'a appris en stage de survie, nous nous sommes confectionné une tente avec le parachute. Un accessoire plus qu'appréciable dans ce monde où nous ne trouverons d'ombre nulle part... Ensuite, nous nous sommes partagé les charges à transporter. En plus de la nourriture, nous emportons tous les équipements de survie, en particulier les Berkey, ces gourdes filtrantes qui nous permettront de purifier n'importe quelle eau.

En l'absence de rythme jour/nuit, nous avons prévu des périodes de marche de 2 heures pour commencer.

Progressivement, nous alternerons 4 heures de marche et 4 heures de repos, ce qui devrait nous permettre d'atteindre le grenier en moins de dix jours.

Je n'ai pas encore osé dire à Anton que ma tête me fait mal depuis l'atterrissage et que j'y vois toujours flou alors que ma vue aurait dû revenir à la normale. J'ai profité d'un moment où il allait soulager sa vessie pour avaler une aspirine supplémentaire et j'ai réussi à lui sourire quand il est revenu.

18 h 02

Nous sommes prêts à partir.

Un dernier coup d'œil en arrière.

Vision étrange de la coque du Soyouz et de nos deux combinaisons vides, allongées côte à côte sur le sol.

Nous savons tous les deux que nous n'avons aucune garantie de ce que nous allons trouver là-bas. Si le permafrost a commencé à fondre il y a plusieurs années déjà, en quelques semaines à peine ce nouveau soleil l'a achevé. Je me rappelle qu'en 2017, puis en 2023, la Réserve mondiale de semences avait dû faire d'importants travaux pour protéger ses murs et son système électrique des infiltrations liées à la fonte des glaces. Tout ce qu'Anton et moi espérons, c'est que les réserves seront intactes.

ÉRÉMOS

61E JOUR PERPÉTUEL DE L'AN 376 AGS

Lorsque Lisbeth se fut suffisamment éloignée d'Érémos, un vent chaud se leva. Les sons émis par les Sonneurs devinrent moins audibles. Pour finir, ils se turent tout à fait ou disparurent dans les bourrasques. Sans eux, elle ne pouvait se fier qu'à sa propre appréciation du temps qui passe. Cette simple idée lui donna le vertige et, pour y échapper, elle se mit à compter ses pas. Elle espérait que cela l'aiderait à évaluer le chemin parcouru, à programmer quand s'accorder une pause et à décider du moment où elle devrait impérativement rebrousser chemin. Cependant, à force de regarder ses pieds avancer dans le sable, Lisbeth finit par oublier de compter et, bientôt, son esprit s'ouvrit à toutes les observations, de l'élégant plongeon d'un goéland à la gracile vibration des puces des sables. Pour la première fois depuis que sa mère avait disparu et peut-être même pour la première fois depuis qu'elle avait quitté le métier de Pêcheuse, Lisbeth avait l'impression de respirer à pleins poumons. Elle se sentait étrangement loin de la Cité, mais cela ne l'angoissait pas. Au contraire, c'était un sentiment agréable. Elle avançait vite et sans peine. Le vent l'accompagnait, secouant ses cheveux et plaquant par à-coups sa tunique sur sa peau comme s'il chassait ses mauvaises énergies.

Le cœur plus léger, Lisbeth réalisa soudain qu'elle était arrivée au Cap sans difficulté. Paisible, elle scruta longuement la côte, ses oyats, son sable, ses galets et, au-dessus de tout ça le Soleil Éternel. C'était le même paysage que celui qu'elle connaissait, sauf que personne ne vivait ici.

Trop près des limites de l'Est et de ses vents mauvais.

Trop loin de la Cité et de ses rotations parfaitement réglées.

Lisbeth se retourna pour observer le Soleil. Elle s'autorisa à le regarder pendant un instant, un court instant qui lui rappela à quel point la petite Lisbeth aimait se perdre dans la contemplation de l'astre de vie. Elle le fixait depuis la proue du bateau de sa mère et s'étonnait toujours de constater que, juste après, des taches noires s'imprimaient sur le ciel. Un peu comme si l'ombre du Soleil était entrée en elle. Un jour où elle ne cessait de cligner des yeux pour chasser ces vilaines taches, sa mère l'avait mise en garde :

– Si tu continues, tu risques de devenir aveugle.

Cet unique avertissement avait produit son plus bel effet. Malgré son jeune âge, Lisbeth savait déjà que sur Érémos, être aveugle sans avoir les privilèges des Six équivalait à être condamnée à mort. Depuis, elle n'avait plus jamais joué à ce jeu. Pourtant, la petite Lisbeth était toujours là, tapie en elle, curieuse du monde qui l'entourait, avide d'expériences. D'ailleurs, ce qu'elle était en train de faire comportait au moins autant de risques que de regarder le Soleil de face !

Il faut que je me dépêche de trouver cet homme.
Que je le questionne.
Et que je rentre le plus vite possible.

Lisbeth cligna des yeux et se concentra sur les reliefs inhabités des grandes dunes. C'était bel et bien l'endroit que lui avait décrit Hélin. « Tu sauras que tu es au Cap dès que tu verras un grand pin allongé par terre. Ava a dit qu'il n'était pas mort, qu'il poussait juste à l'horizontale. » Impossible de se tromper. Pourtant, elle ne voyait là ni habitation ni trace de vie humaine. Comment retrouver quelqu'un dans cette immensité ocre ? Elle ne pouvait tout de même pas l'appeler ? Indécise, Lisbeth contourna le fameux pin et contempla la grève qui se prolongeait à l'infini, parsemée d'avancées rocheuses et de sable blanc. Derrière elle, l'empreinte de ses pieds dans le sable humide formait deux lignes sinueuses qui se perdaient dans le lointain. Les seules traces humaines visibles aux alentours…

Lisbeth se dit qu'elle ne pouvait pas repartir tout de suite. Ne sachant où chercher, elle marcha sur la plage de long en large jusqu'à ce que la tête lui tourne. Puis, fatiguée, elle s'arrêta au pied d'une dune, déplia le petit auvent de toile qu'elle emportait partout avec elle et le planta dans le sable.

Une fois installée, elle piocha quelques fruits secs dans son sac et les mâcha tranquillement tout en contemplant la mer. La houle légère ne tarda pas à bercer son esprit, et des souvenirs de ses années de Pêcheuse commencèrent à remonter. C'étaient principalement des images : les voiles qui se gonflaient et se dégonflaient, les poissons qui se tortillaient sur le pont du bateau… et des sons, le bois de la coque qui grinçait… le souffle du vent dans ses oreilles… le clapotis de l'eau…

Lorsque ses yeux papillonnèrent, elle s'allongea tout naturellement sur le sable.

Juste un petit instant et ensuite je fais demi-tour se promit-elle.

Journal de bord

3 août 2025

Le monde que nous découvrons se résume à du noir et blanc.

Le sol n'est plus fait que de boue noire séchée ou de limon.

Le soleil est si violent qu'il délave le ciel.

En se retirant, la mer semble avoir avalé toutes les couleurs de la vie.

Sous l'effet du soleil, la vase a séché et forme une sorte de croûte superficielle qui nous permet d'avancer assez vite. Mais par endroits, les algues ou les aspérités du relief ont retenu l'humidité et nos jambes disparaissent brutalement dans une vase noire qui freine notre progression et nous épuise.

Chaque fois qu'on s'arrête pour se reposer, j'en profite pour avaler une aspirine. Anton a fini par le remarquer et j'ai bien été obligée de lui avouer que j'avais des migraines depuis l'atterrissage. Il s'est frotté le menton, soucieux, puis il m'a dit que ça faisait partie des effets attendus, mais qu'il préférerait que ça passe rapidement. Je n'ai pas eu le courage de lui dire que, par moments, je présentais également des troubles de la vision…

Ma montre affiche 5 h 28. J'ai un doute soudain. Je me demande combien de temps nous avons dormi. D'après moi, il est 17 h 28. C'est important. Je dois vraiment m'astreindre à noter le plus possible le passage des heures. Ce sera notre seul moyen de calculer le temps qui passe et les dates… Il y a quelques années, j'ai vécu durant trois semaines sous le soleil de minuit, mais c'était une tout autre expérience. D'abord, je savais que ce n'était qu'un moment transitoire de ma vie. Ensuite, j'étais entourée de gens et d'instruments de mesure. Mon ordinateur et mon téléphone portable m'accompagnaient partout. Et puis, même s'il ne se couchait pas, le soleil ondulait au-dessus de l'horizon. Vers minuit, il rougeoyait à la surface de la mer, comme s'il venait y étancher sa soif.

Ce manque d'alternance jour/nuit, cette immobilité du temps est anxiogène.

Et si ma montre automatique cessait de fonctionner ? Je crois que perdre cet ultime repère pourrait définitivement me rendre folle… Dans la liste des connaissances fondamentales, il y aura donc celle-ci : le calcul du temps sans l'aide des astres.

Penser à comment organiser un calendrier sans Lune et sans alternance jour/nuit.

21 h

Nous nous sommes posés devant une sorte de lac, vaste étendue d'eau retenue dans une cuvette naturelle lorsque la mer s'est retirée. Cette flaque va nous obliger à faire un détour de plusieurs kilomètres, mais il faut voir le bon côté des choses : on a rechargé nos gourdes filtrantes. Éreintés, nous nous sommes octroyé un repas supplémentaire. Pour le moment, hors de question de nous rationner, nous avons besoin de beaucoup d'énergie pour récupérer et être capables de mener à bien cette « randonnée »...

Assise contre un rocher, j'écris en mâchant lentement une barre protéinée.

Face à moi, le lac forme une sorte d'immense miroir céleste qui nous renvoie une lumière aveuglante.

« Comme si un soleil ne suffisait pas, maintenant on en a deux ! » vient d'ironiser Anton en essuyant du revers de sa manche son front trempé de sueur. Il a raison. Si on nous avait dit qu'un jour nous mourrions de chaud au Svalbard, on ne l'aurait jamais cru.

De mon côté, je cherche sans cesse à capter un mouvement aux alentours. N'importe lequel. La preuve que ça vit encore. Malheureusement, que ce soit à la surface de l'eau, dans le ciel ou sur cette terre de boue craquelée, tout est tristement immobile. J'espère quand même que des poissons ou des insectes ont survécu quelque part. Ça vaudrait mieux pour la suite…

ÉRÉMOS

61e JOUR PERPÉTUEL DE L'AN 376 AGS

Un choc au creux de la plante de pied réveilla brutalement Lisbeth. Elle écarquilla les yeux et vit un homme imposant penché au-dessus d'elle. Sa longue barbe blanche dansait avec le vent et ses yeux sombres la scrutaient silencieusement, tandis que ses deux mains s'appuyaient sur un bâton.

– Que viens-tu faire ici toute seule, si loin de la Cité ? lui demanda-t-il d'une voix dans laquelle ne transparaissait aucune émotion.

Impressionnée, Lisbeth se racla la gorge avant de répondre.

– Vous... vous êtes Jakob, je suppose ? Je... je vous cherchais...

Une ombre passa sur le visage du vieil homme. Cela ne semblait pas beaucoup lui plaire, d'être *cherché*. Lisbeth devait s'expliquer, mais elle ne savait pas par où commencer.

– Voilà... Il y a quelque temps, une femme... Ava, Pêcheuse de la première rotation, est venue ici... Je ne sais pas si vous vous en souvenez... mais je pense que oui parce que vous l'avez aidée...

L'homme l'écouta patiemment et lui répondit, un peu méfiant :

– C'est possible.

– Cette femme est ma mère... Elle a disparu dans les Nuées...

Il haussa les épaules avant de lui faire remarquer :

– Pêcher aux limites des Brumes peut se révéler dangereux.

– Mais si je suis là, c'est pour vous demander si vous lui avez dit quelque chose sur la... sur la...

Lisbeth hésitait à prononcer le mot tabou. D'une personne à l'autre, les réactions étaient tellement différentes.

– Tu as fait tout ce chemin pour venir me parler ?

– Oui.

– Bon, c'est courageux. Maintenant, essaye de finir tes phrases.

Le vieillard avait raison. Lisbeth n'avait plus aucune idée du nombre de rotations qui étaient passées depuis qu'elle était partie. Mais nul doute que le temps filait sans l'attendre.

– J'aimerais savoir si vous lui avez parlé de la Nuit.

Les yeux du vieil homme, étrécis par les ans, scrutèrent un moment ceux de la jeune fille. Puis, comme s'il y avait trouvé la réponse qu'il cherchait, il lui lança :

– Viens avec moi !

Il fit volte-face et s'éloigna. Lisbeth fourra rapidement ses affaires dans son sac et courut derrière lui. S'enfonçant dans les dunes, le vieil homme marchait en direction du désert. Au bout d'une centaine de mètres, il s'arrêta et regarda longuement autour de lui avant de bifurquer vers un monticule parsemé d'oyats. Lisbeth aperçut une anfractuosité sombre au bas de la pente. En le rejoignant, elle vit qu'il s'agissait d'une ouverture de moins d'un mètre de large dans laquelle Jakob s'engouffra. Après une courte hésitation, elle l'y suivit.

À l'intérieur, les gémissements du vent se firent plus discrets. Lisbeth et le vieil homme se tenaient debout dans une cavité métallique allongée sur une dizaine de mètres, assez étroite et basse de plafond et aux parois recouvertes d'une peinture verte bien écaillée. Éventrée sur toute sa longueur, la structure avait été étançonnée par plusieurs madriers de bois. Le travail était grossier, mais il empêchait le sable d'envahir la pièce. Cette dernière était éclairée par une lumière blafarde reflétée de l'extérieur par un habile jeu de miroirs. Quant au mobilier, il se limitait à une paillasse, une cuve fermée par un carré de paille tressée et deux coffres construits de bric et de broc.

– Je suis bien Jakob, avoua-t-il enfin. Et toi, tu es une jeune fille qui a trouvé le courage de quitter Érémos pour venir me poser une question. Je t'avoue que je suis impressionné et curieux de connaître ton nom.

– Je m'appelle Lisbeth, Hydro de la troisième rotation, ânonna-t-elle par habitude.

– Tu n'es pas Pêcheuse, comme ta mère ? s'étonna-t-il.

– Il y a quelques années, ma mère a obtenu un privilège. Elle a voulu que je devienne Hydro pour éviter les dangers des Brumes. Pourtant, le jour où elle disparaît, elle me laisse cette question étrange... C'est incompréhensible, non ? Bien sûr, personne ne veut entendre parler de la Nuit et personne n'a de réponse à me donner ! Alors quand Hélin m'a dit que ma mère avait rencontré un homme le jour où elle s'était échouée au Cap, je me suis demandé si...

Jakob leva la main pour l'interrompre.

– Respire, Lisbeth. Tu parles si vite que j'ai du mal à te suivre.

Il repoussa la paille tressée, plongea une coupe en terre cuite dans la cuve et la lui tendit.

– Tiens, bois une gorgée d'eau.

Elle s'exécuta, réalisant qu'elle était assoiffée.

– Bien. Je ne sais pas qui est Hélin mais, si je comprends bien, tu as une question sur la Nuit...

Lisbeth acquiesça en buvant une autre gorgée.

– Ma mère m'a laissé une seule et unique question avant de disparaître et cette question c'est : *Où est la Nuit ?*

L'œil de Jakob pétilla.

– *Où est la Nuit ?* répéta-t-il, visiblement fasciné.

Journal de bord

4 août 2025

12 h 04

Nous commençons à distinguer les détails de la côte. Anton a désigné un point plus haut vers le nord, une large saignée entre deux massifs montagneux. « Isfjorden », m'a-t-il dit, un des principaux fjords du Svalbard, véritable bras de mer pénétrant profondément dans la façade occidentale du Spitzberg. Il est asséché bien sûr, mais il nous suffira de longer sa rive sud pour trouver le grenier. D'après le dernier relevé d'Anton, il nous reste environ cinquante kilomètres à parcourir.

Nous pensons tous les deux la même chose : plus nous nous rapprochons du but et plus nous avons peur de ce que nous allons découvrir sur place. Mais le défaitisme est la pire des maladies, contraire aux valeurs qui nous ont poussés vers ce métier. Alors, j'ai tenu à le lui dire à voix haute : « Je suis sûre qu'il restera quelque chose pour nous... » Anton m'a souri. Il s'est approché de moi et m'a prise dans ses bras. Il m'a serrée fort pendant plusieurs minutes. Le meilleur moment de cette putain de « journée », si ce mot même a encore un sens aujourd'hui ! Pendant une seconde, une petite seconde d'éternité, j'ai eu le désir de mourir là, tout de suite, lovée contre sa poitrine. À l'instar de John, disparaître d'un coup. Un grand saut dans les étoiles pour aller retrouver tous ceux que nous avions perdus... Puis il s'est écarté de moi pour observer le paysage de glaise et mon désir de mourir s'est dissipé.

Je l'ai vu serrer ses poings quand il a ajouté : « On est là, toi et moi. On n'a plus le droit de flancher. » À ce moment-là, j'ai compris que, lui aussi, il doit sacrément se secouer pour tenir debout. Son optimisme à toute épreuve n'est peut-être qu'une façade mais, pour le moment, elle fait tenir l'édifice. D'ailleurs, Anton n'a encore rien dit sur le deuil de sa famille. À son arrivée sur l'ISS, il a seulement mentionné le fait qu'il était marié. Je ne sais pas grand-chose d'autre sur sa vie privée et ce n'est vraiment pas le moment d'aborder ce sujet...

13 h 50

Anton a monté la tente pour nous permettre de nous reposer à l'ombre. J'ai avalé une aspirine, ouvert mon carnet et commencé par noter l'heure. Puis j'ai observé le profil de mon coéquipier.

C'est la seule jolie chose aux alentours.

Même dans les pires moments, la vie reste étrange et inattendue.

Si seulement je l'avais rencontré avant tout ça.

Si seulement cette météorite n'avait pas légèrement modifié sa trajectoire.

Si seulement la joie ne m'avait pas quittée pour toujours.

ÉRÉMOS

61E JOUR PERPÉTUEL DE L'AN 376 AGS

– Quant à ta mère…

Le vieil homme avala une gorgée d'eau avant de poursuivre. Autour de son refuge, le vent tournoyait et se mettait à siffler lorsqu'il parvenait à s'introduire par les interstices.

– Son bateau s'était échoué à cause des courants contraires. Je l'ai aidée à le ramener plus haut pour qu'elle puisse repartir… Ce moment que nous avons passé ensemble nous a donné l'occasion de discuter de choses et d'autres…

Lisbeth était suspendue à ses lèvres. Avec le récit qu'en faisait Jakob, sa mère était de nouveau vivante pendant quelques instants. L'émotion lui piquait la gorge. Elle aurait tout donné pour être avec sa mère lors de cette expédition et pour que les souvenirs de ce vieil homme soient les siens.

– Je me rappelle que ta mère était très curieuse. Elle m'a posé beaucoup de questions.

– Se poser des questions n'est pas très bien vu sur Érémos, lui fit-elle remarquer.

– Ça c'est sûr !

Le vieil homme passa ses longs doigts effilés sur ses paupières. Il avait l'air si fatigué qu'elle était incapable de lui donner un âge. Elle se dit qu'il serait bien mieux dans la Forêt des Âgés à se reposer sous les pins plutôt qu'à cuire tout seul sous cette tôle...

– De mon côté, j'ai eu la chance d'être élevé par un membre important de l'Administration. Ma curiosité était un atout et on m'a permis d'étudier. J'ai eu accès à des choses que les simples citoyens d'Érémos ne verront jamais, à des objets très particuliers...

– Lesquels ?

– Un de ces objets me fascinait tout particulièrement. C'était une sphère, montée sur un axe.

– Est-ce que la Nuit était dans cette sphère ?

– Patience, petite, patience...

Le vieil homme prenait visiblement plaisir à converser, activité qui ne devait pas lui arriver souvent.

– Je sais que c'est difficile à imaginer, mais cette sphère représentait Érémos dans l'Ancien Monde.

– Érémos était ronde ?

– Elle l'est toujours !

– Quoi ? Mais on voit bien que le sol est plat, grimaça Lisbeth.

– Tu as *l'impression* que le sol est plat parce que Érémos est très très grande, plus grande qu'on veut bien nous l'apprendre.

– Si c'est vrai, pourquoi nous apprend-on le contraire ?

– C'est simple. Ceux qui connaissent la vérité pensent qu'elle n'est pas bonne à partager.

Il entortilla son index dans sa longue barbe blanche.

– Comment t'expliquer ? Un monde limité est un monde plus facile à contrôler…

– Je ne comprends pas. Comment avez-vous eu accès à ces objets ? Vous n'êtes pourtant pas un Aveugle.

Jakob esquissa un sourire.

– Les Aveugles ne sont pas les seuls à y avoir accès. Me concernant, je dirais que, même si j'ai eu la chance de conserver mes prunelles intactes, j'ai longtemps été aveuglé, murmura-t-il avant de se lever et d'ouvrir un des coffres.

Il farfouilla dedans et en sortit une statuette articulée qu'il avait manifestement sculptée dans le bois. Saisissant les fils d'une main, il fit faire une révérence à la marionnette devant Lisbeth.

– *Je suis un des Six, pour la longévité d'Érémos* ! joua-t-il, avant de reprendre sa voix normale. Tu vois, Lisbeth, les Aveugles sont là pour rassurer le peuple, mais ce ne sont pas eux qui tirent les ficelles…

– Vous tiriez les ficelles ? Vous faisiez partie des Élus ?

– À une époque oui, mais c'est le passé.

Le vieil homme se figea et tourna son visage en direction de la porte.

– Qu'est-ce qu'il se passe ? demanda-t-elle.

– Il m'a semblé entendre quelque chose…

– Ce doit être le vent, répondit Lisbeth, impatiente d'en savoir plus. Vous disiez que vous faisiez partie des Élus. Pourquoi vous être enfui ?

– Quelque chose s'est cassé en moi… J'ai réalisé que les onze autres Élus aimaient davantage leurs privilèges que les Érémosiens…

Il soupira et allongea la statuette sur le sol.

– Excusez-moi de vous presser, Jakob, mais il va vraiment falloir que je rentre.

– Très bien, fit le vieil homme en reprenant son bâton.

Avec, il traça un cercle, entouré de petites flèches partant dans toutes les directions.

– Regarde bien, jeune fille… Ça, c'est le Soleil.

Puis il traça sous le premier un deuxième cercle plus grand.

– Et ça c'est Érémos…

D'un trait il divisa ce cercle en deux moitiés et pointa celle dirigée vers le Soleil.

– Il nous éclaire de cette manière parce que nous vivons de ce côté. Mais sais-tu ce qu'il y a de l'autre côté ?

Cette fois, Jakob pointa son bâton sur la moitié inférieure du cercle. Lisbeth cherchait à comprendre où il voulait en venir.

– De l'autre côté ? Vous voulez dire derrière les Brumes ? s'agaça-t-elle.

Le vieil homme se figea et tourna son visage vers la porte.

– Tu as été suivie ! lâcha-t-il, livide.

Dans un élan de panique, Lisbeth voulut se lever, mais le vieil homme balança sa main vers elle et lui saisit fermement l'épaule. Dans ce geste, la jeune fille sentit à quel point il était encore fort malgré son âge.

– Le temps presse, alors voilà ce que tu dois savoir. Notre monde ne se résume pas à la cartographie que tu as apprise à la Pouponnière. Je te l'ai dit, nous vivons sur une sphère. J'ai contemplé cette boule et je peux te dire qu'Érémos n'en est qu'un tout petit morceau. Il y a autre chose ! Il y a la Nuit ! La Nuit est…

Trois Miliciens firent brutalement irruption dans la pièce. Tandis que deux d'entre eux se saisissaient de la jeune fille, un autre s'empara du vieil homme et plaça une lame sur son cou.

– Écoute-moi, Lisbeth ! La Nuit n'est qu'une manière de nous faire peur ! Elle n'est qu'une façon de nous empêcher de quitter Érémos !

– Tais-toi, vieux fou ! grogna le Milicien avant de laisser tomber le corps sans vie de Jakob sur la paillasse.

Horrifiée, Lisbeth vit une flaque de sang s'étendre autour de lui.

Le Milicien essuya la lame ensanglantée dans les plis de la tunique de l'ancien Élu et aboya ses ordres :

– Maintenant, on ramène la fille au Palais !

Journal de bord

8 août 2025

5 h 30

Je me force à reprendre mes notes. Ces derniers jours, la migraine a été si forte qu'elle m'a empêchée d'écrire. J'ai quand même noté les heures de temps en temps, histoire de ne pas perdre complètement le fil… Hier, la douleur irradiait vers l'œil. C'était intenable. Anton a décidé de m'injecter un peu de morphine pour me soulager. Ça m'a aussi aidée à dormir et, aujourd'hui, je vais un peu mieux.

Il est difficile de croire que nous sommes tout près du pôle Nord et évident que nous ne pourrons pas rester très longtemps au Spitzberg… Une fois que nous aurons récupéré les précieuses graines, il faudra nous remettre en marche et descendre au plus vite pour qu'elles ne s'abîment pas à cause de la chaleur… Mais pour l'heure, j'avoue qu'il me tarde juste d'arriver et de mettre mon crâne à l'ombre pendant un moment !

22 h 37

Quelques kilomètres après l'entrée du fjord, nous sommes tombés sur les vestiges d'un village. J'ai eu du mal à imaginer qu'il y a à peine un mois, la mer du Groenland venait lécher le pied de ce village. Nous avons rapidement exploré les décombres. Il n'y avait plus grand-chose à voir, hormis une forme massive qui émergeait de la boue. C'était un énorme buste de Lénine en granit. Anton a lu l'inscription en cyrillique et on s'est demandé où on était tombés. J'ai pianoté sur la tablette reliée au Geonyx et on a eu la confirmation qu'on était bien à Barentsburg, une des plus grosses agglomérations du Svalbard. Environ quatre cents personnes vivaient ici...

Pourtant, nous n'avons vu aucun cadavre.

La vague a dû les emporter plus loin, mais où ?

Cette absence de corps nous a fait froid dans le dos. Ça avait quelque chose d'irréel et en même temps on se sentait entourés de fantômes. Bref, nous avons préféré faire notre halte quelques kilomètres en amont, à l'ombre d'un gros rocher.

La bonne nouvelle, c'est qu'il ne nous reste qu'une trentaine de kilomètres avant d'atteindre notre objectif.

ÉRÉMOS

62E JOUR PERPÉTUEL DE L'AN 376 AGS

Encore sous le choc de l'exécution de Jakob, Lisbeth n'avait pas prononcé un mot depuis son arrestation. De leur côté, les Miliciens ne lui avaient posé aucune question. Ils s'étaient contentés de la ramener de force et de la jeter sans ménagement dans une des cellules de la prison. Elle s'était recroquevillée dans un angle de la cellule et, tout en caressant la coque du cadran que Viggo lui avait offert et qui était toujours au fond de sa poche, elle avait fermé les yeux…

Des bruits de pas la tirèrent de sa torpeur. Elle constata que la minuscule cavité creusée dans la roche était plongée dans une pénombre inhabituelle. Une légère lueur dessinait les contours de l'entrée du cachot, une ouverture ronde comme un gros œil qui semblait l'observer. Juste au-dessus du bâtiment, les Sonneurs scandaient bruyamment le temps. Elle réalisa qu'elle avait compté malgré elle. Un réflexe. Cela faisait deux rotations qu'elle était là, deux rotations qu'elle culpabilisait d'avoir mené la Milice jusqu'à la cachette du vieil homme. Car cela s'était forcément déroulé ainsi : le Milicien qui lui avait mis une amende avait dû surveiller ses allées et venues. Il l'avait vue sortir de la Cité. La suite avait été dramatique.

À trop parler de la Nuit, on l'attire sur soi.

C'était comme un écho dans sa tête, mais elle n'y croyait plus vraiment. La question de sa mère, ce que lui avait dit Amund, puis Jakob… tout ça ne lui démontrait qu'une seule vérité : au fond, elle ne savait rien du monde dans lequel elle vivait. Les seules choses tangibles se résumaient à des disparitions : celle d'Ava, celle de l'enfant de Sverre et, par sa faute, celle de Jakob. Écrasée de remords, épuisée, Lisbeth sentit une larme rouler sur sa joue. Elle aurait voulu s'endormir, mais elle s'en sentait incapable. Machinalement, son index redessinait les contours d'une sphère sur le sol. Ce simple échange avec Jakob lui avait été fatal. Il l'avait payé de sa vie.

La vie de Jakob.
Et maintenant, la mienne ?
Tout ça pour une question ?

C'était comme si, à l'instar d'une roue de chariot butant sur une pierre, son existence s'était brusquement désaxée. C'était une évidence. Plus jamais elle ne marcherait droit.

Un grincement métallique lui fit lever la tête.

La porte de la geôle s'ouvrit sur le Gardien qui s'effaça aussitôt pour laisser entrer une silhouette vêtue d'une toge jaune. À contre-jour, Lisbeth avait du mal à distinguer les traits de son visiteur mais l'œil solaire, brodé de fil noir à la place de l'écusson, ne laissait aucun doute. Son cas était suffisamment grave pour qu'un des Élus se déplace en personne. D'un coup de menton, l'homme congédia le Gardien qui referma la porte. Il déplia un tabouret portatif et s'assit en face de la jeune fille. Elle connaissait ce visage, cette figure fine et anguleuse. C'était celui de l'homme le plus influent d'Érémos.

Maître Elon...

– Qu'as-tu fait, Lisbeth ?

Que répondre, puisqu'il sait déjà tout ?

– Tu ne dis rien ? Dans ce cas, je vais te dire ce que tu as fait : tu as enfreint la Loi. Et par trois fois. D'abord, tu as quitté ta rotation sans autorisation. Ensuite, tu as demandé à un de tes coéquipiers de faire ton travail à ta place. Enfin, tu es sortie de la Cité sur ton temps de repos.

Lisbeth sentit son estomac se contracter. Pauvre Odd, il serait certainement puni par sa faute...

– Je... je n'ai rien fait de mal. Je voulais juste des réponses, se défendit-elle.

– Des réponses ? Nous sommes là pour te les donner, Lisbeth.

– Mais...

– Quant à toi, explique-moi pourquoi ce vieux fou méritait ta confiance alors qu'il a trahi Érémos ?

Entendre parler de Jakob en ces termes était intolérable.

– Écoute-moi, Lisbeth, tu es encore jeune et nous pensons que la perte de ta mère t'a perturbée. Jusque-là, tu as toujours été un bon élément, mais maintenant tu dois te ressaisir.

– Mais Jakob... ils... ils l'ont égorgé, lâcha-t-elle du bout des lèvres.

Le visage d'Elon se durcit.

– C'est le lot des traîtres. Jakob a enfreint nos lois et il nous a trahis. Tout ça pour quoi ? Pour aller vivre seul dans un trou en privant la Cité de ses compétences, de son savoir. L'égoïsme n'a pas sa place sur Érémos.

Un jet de bile remonta dans la gorge de Lisbeth. À défaut de pouvoir boire un peu d'eau, elle se força à déglutir, tentant de chasser le malaise qui montait en elle.

– Vous allez me tuer moi aussi ?

– Tu ne m'as pas bien écouté, Lisbeth. Nous voulons t'aider, sinon je n'aurais pas pris la peine de venir te voir...

Elon joignit ses deux mains et croisa lentement ses longs doigts. La lenteur de ses gestes affichait un grand calme intérieur.

– Tu l'as appris dans tes jeunes années, mais je vais quand même te rafraîchir la mémoire : Érémos est fragile et nous devons la protéger. Notre Cité s'est bâtie sur un chaos et les Pères Fondateurs ont tout fait pour nous préserver des erreurs du passé. Désormais, nous avons la chance d'être une grande famille, au sein de laquelle chacun œuvre pour un avenir commun. Grâce à l'effort de tous, nous ne connaissons ni la faim ni la guerre… Veux-tu que cela change ?

– La guerre ?

Elon afficha un sourire ironique.

– Si tu ignores ce qu'est la guerre, c'est aussi grâce à nous ! De toute évidence, Jakob ne t'a parlé que de ce qui l'arrangeait. Le connaissant, il a dû t'abreuver de ses rêveries utopiques. Mais l'utopie ne résiste pas longtemps aux leçons de l'histoire…

Lisbeth n'osa pas l'interrompre pour lui demander ce que signifiait le terme « utopie ».

– Et l'histoire, la voilà. Il y a environ deux cents ans, la Famille Originelle s'est divisée. Des clans se sont formés et chacun d'eux a cherché à faire sa propre Loi. Ils se sont battus et se sont volés entre eux, et de ces luttes incessantes est née une atroce famine. Les morts se sont comptés par centaines juste parce que quelques-uns ont voulu changer les règles, juste parce que quelques-uns ont cru qu'ils pouvaient se passer de la Loi ! martela-t-il.

Un souvenir s'imposa dans l'esprit de la jeune fille. Une année, des orages magnétiques particulièrement violents avaient empêché les Hydros d'effectuer de nombreuses rotations. Sans arrosage, toutes les pousses étaient mortes, grillées par le Soleil. Il avait fallu tout replanter et attendre patiemment les prochaines récoltes. À ce moment-là, les gens avaient dû se nourrir sur les réserves. Il n'y avait pas à manger tous les jours et certains Érémosiens étaient si tendus que de nombreuses bagarres avaient éclaté.

– Mais… pourquoi ne nous raconte-t-on pas cette histoire ?

– Vous n'avez pas besoin d'avoir la tête remplie de noirceur. Les Aveugles portent ce fardeau pour vous.

– La Nuit…

Elon marqua une pause, mais ne releva pas.

– Nous préférons que vous appreniez l'essentiel, ce qui vous sert dans votre travail : lire, écrire, compter, manier les machines, se tenir debout sous notre Soleil qui permet le renouvellement des récoltes, la santé et la vie, poursuivit-il avant de consulter une espèce de petit cadran accroché à son poignet. Bien, il ne me reste qu'une chose à te demander, Lisbeth…

– Je vous écoute.

– Aimes-tu ton métier d'Hydro ?

– Euh… oui, bien sûr.

Il opina de la tête, l'air satisfait.

– C'est un privilège que tu as obtenu grâce à ta mère. J'espère que tu es consciente qu'en faisant bien ton travail, tu honores sa mémoire. C'est ce que tu veux, n'est-ce pas ?

– Oui, bien sûr, répondit Lisbeth en sentant quelque chose se contracter en elle.

– Très bien. Et n'oublie jamais que chacune de tes rotations et que chaque mètre que tu gagnes sur le désert enrichit la Cité et nourrit ses enfants.

Lisbeth baissa la tête.

– *Je repousse le désert et je suis fière de garder les semences vivantes*, récita-t-elle.

Elon frappa dans ses mains avant de s'exclamer :

– Parfait !

Il se releva, remit sa capuche et donna deux coups sur la porte.

– Maître Elon ?

– Oui Lisbeth ?

– Est-ce qu'Érémos est ronde comme une boule ?

– Quoi que t'ait raconté ce vieux fou, je peux t'assurer qu'Érémos est plate ! Nous le constatons tous les jours et personne n'en a jamais fait le tour…

Journal de bord

Spitzberg, 9 août 2025

20 h 03

On a du mal à y croire, mais nous y sommes. Ce massif de granit gris qui s'élève au-dessus de ce paysage désolé ne ressemble en rien aux images de la montagne blanche perchée face à la mer que nous avons étudiée sur internet.

Pourtant, pas de doute.

C'est bien là.

Nous sommes arrivés.

Ou presque.

Aveuglée par cette lumière perpétuelle, j'ai cherché les contours de la chambre forte construite à flanc de montagne. Gris sur gris, ce n'est pas facile, surtout avec mes problèmes de vue. L'angoisse m'a vite rattrapée et m'a serrée contre elle. J'ai brusquement eu peur de ne pas être au bon endroit. Et puis Anton a tendu son bras et il a crié : « Regarde là-bas ! » J'ai plissé les yeux pour mieux distinguer la masse légèrement plus sombre qu'il me désignait. Il m'a tendu ses jumelles et j'ai vu un rectangle de métal qui semblait surgir de la montagne et s'avancer dans le vide. La glace fondue, la mer effacée, il nous faudra grimper là-haut, à une cinquantaine de mètres, pour atteindre l'entrée du grenier de l'humanité...

Pour le moment, nous reprenons notre souffle, assis près d'un camion à demi enfoui dans le sol. Seules la cabine et une partie de la benne émergent, comme s'il avait été pris dans des sables mouvants. Anton a nettoyé le pare-brise pour jeter un coup d'œil à l'intérieur. J'ai eu peur d'y voir des cadavres mais, heureusement, la cabine est vide.

21 h 10

Ça faisait presque une demi-heure qu'Anton scrutait la paroi qui nous surplombe, estimant chaque relief, cherchant les prises jusqu'à l'entrée quand il m'a annoncé : « Je vais y aller... » Je lui ai suggéré qu'on pouvait attendre les autres, le temps de reprendre nos forces. Ce n'était qu'une manière de conjurer le destin car nous savons tous les deux qu'il y a une multitude de raisons de ne jamais revoir l'autre équipe. Dysfonction du bouclier thermique, point de chute trop éloigné de l'objectif ou dans la mer, blessure, déshydratation...

Je suis une scientifique mais, dans ces conditions exceptionnelles, j'ai ressenti le besoin de faire appel à la pensée magique que j'utilisais fréquemment durant mon enfance. Alors j'ai fermé les yeux et j'ai visualisé nos amis en train de sortir du Soyouz, je les ai vus se reposer à l'ombre de la capsule et s'hydrater avec leurs boissons énergétiques. En pensée, je les ai aidés à se lever et à se mettre en marche. Enfin, je leur ai tendu un fil invisible pour qu'ils ne se perdent pas et arrivent jusqu'ici... Je sais que c'est puéril et certainement inutile, mais quelque part ça m'a un peu rassurée.

Et puis Anton m'a rappelée à la réalité. Il a dit : « On n'a pas fait tout ce chemin pour rien. » Je l'ai imaginé en train d'escalader la paroi, tomber dans le vide et se fracasser le crâne au bas de la montagne. La migraine s'est remise à cogner sur mes tempes et ma gorge s'est de nouveau serrée. Le souvenir de John nageant dans l'espace est revenu me visiter. Derrière lui, les derniers instants imaginaires de mes proches se pressaient. J'ai dévissé ma gourde d'une main tremblante et j'ai avalé un peu d'eau. Je n'étais pas loin de la crise de panique. Anton s'est accroupi pour me regarder dans les yeux. Il m'a assuré que ce n'était pas si haut et a ajouté dans un clin d'œil qu'il avait souvent pratiqué l'escalade à la ville.

« À la ville », bizarre comme cette expression sonne déjà désuète.

J'ai relevé la tête afin d'observer l'avancée métallique. Sa forme me fait penser à une de ces vieilles cassettes VHS qu'on aurait plantée verticalement dans le flanc de la montagne. Anton a sorti de son sac à dos tous les filins du parachute qu'il a eu la bonne idée de conserver. Il est encore en train de nouer les bouts pour fabriquer une corde d'une bonne longueur. À chaque nœud formé, mon estomac se contracte.

Il va réussir, il le faut.

ÉRÉMOS

62E JOUR PERPÉTUEL DE L'AN 376 AGS

Les deux Miliciens qui accompagnaient Lisbeth hors de la prison firent en sorte d'effectuer un détour par la Grande Place du Soleil. Elle trouva que leur conversation sonnait faux.

– Le gibet est prêt.

– Tu sais qui sera sacrifié ?

– Non, rien n'est encore arrêté.

Le message était clair. On la menaçait d'exécution, ni plus ni moins. Elon lui avait donné une chance de se racheter. Il ne lui en donnerait pas une deuxième…

Lorsque les Miliciens s'éloignèrent en la laissant seule devant l'entrée du Dédale, Lisbeth réalisa que ses jambes flageolaient. Elle leva les yeux sur le bas-relief qui en marquait l'entrée : une sphère entourant un Soleil. On disait que ce motif était ancien, qu'il datait même de l'arrivée des Pères Fondateurs. On racontait qu'il s'agissait d'un œil solaire. Mais désormais Lisbeth ne pouvait s'empêcher de se demander si, en réalité, ce cercle ne représentait pas le monde tel que lui en avait parlé Jakob : une sphère éclairée par le Soleil...

Une fois rentrée chez elle, Lisbeth se lava rapidement et enfila une tunique propre. Elle avala une poignée d'amandes qu'elle fit descendre avec une tasse d'eau avant de remplir son sac de denrées fraîches. Elle ne voulait plus penser à Jakob. Elle ne voulait plus penser à sa mère. Et elle ne voulait plus imaginer le nœud coulant autour de son cou. Il lui fallait une pause. Elle voulait retrouver sa routine et revoir des visages amis. Si Sverre se révélait toujours fuyant et taciturne, Lisbeth irait voir Odd. Et si Odd lui en voulait de l'avoir mis en danger, elle ferait tout pour se faire pardonner. Ensuite, elle allumerait sa machine et se concentrerait sur l'objectif de sa rotation : creuser le sol, créer un nouveau puits et le relier au réseau aquifère. Au moins pour ce soixante-deuxième JP, elle espérait qu'en se concentrant sur son travail, elle s'éloignerait un peu du chaos qu'était devenue sa vie...

Le septième sablier résonna dans le lointain.

Lisbeth glissa la lanière de son sac sur son épaule et sortit de chez elle. À peine avait-elle refermé le soupirail qu'elle se retrouva nez à nez avec un grand jeune homme roux. Voir Viggo en chair et en os devant elle lui donna instantanément la chair de poule. Elle était sur le point de se réfugier dans ses bras lorsqu'il lui dit :

– Hallo Lisbeth, c'est l'Administration qui m'envoie.

Refroidie, elle croisa ses bras sur sa poitrine. Au-dessus de leurs têtes, une volée de percussions métalliques lui rappela que les départs pour la troisième rotation étaient imminents.

– Il faut que j'y aille.

– Justement Lisbeth, je suis chargé de t'annoncer que tu ne fais plus partie de la troisième rotation.

– Quoi ?

– Je ne fais que transmettre les ordres d'en haut, répondit-il gêné, puis il lui tendit le rond bleu qu'elle devrait désormais coudre sur sa tunique.

Lisbeth repoussa sa main.

– Un écusson de la première rotation ? Qu'est-ce que ça veut dire ? Je... Je ne veux pas changer d'équipe !

Viggo attrapa doucement sa main, mais cette fois, ce n'était pas pour lui faire un tour de magie. Il déposa le petit morceau de tissu bleu dans sa paume.

– Je crois que tu n'as pas compris, Lisbeth, lui dit-il avec une certaine tendresse.

– Compris quoi ?

– Ton binôme t'a dénoncée. Tu ne peux plus travailler avec lui.

Cette annonce lui fit l'effet d'une gifle.

– Qu'est-ce que tu racontes ? Ce n'est pas possible...

La voix de Lisbeth s'éteignit. Sverre était comme un grand frère pour elle. Hormis ces derniers temps, il avait toujours été là quand elle avait eu besoin de lui. Il l'avait bizutée, encouragée, consolée... Il lui avait remonté le moral, il avait partagé ses repas avec elle, il... Non, ça ne collait pas. Ça ne pouvait pas coller !

– Je suis désolé, ajouta Viggo en lui souriant tristement.

Puis, comme pressé par les Sonneurs, il s'en alla en courant et ne tarda pas à disparaître au détour d'une ruelle. Atterrée, la jeune fille baissa les yeux vers son poing serré. Elle l'ouvrit. Le rond bleu de la première rotation semblait l'observer comme un gros iris. Et tout à coup elle comprit comment les choses s'étaient déroulées. Pour expliquer son absence, Odd avait parlé à Sverre, et Sverre, consumé par la mahia, l'avait dénoncée à la Milice. L'alcool, les jumeaux, la colère formaient un cocktail explosif. Le pire, c'était qu'elle ne pouvait s'en prendre qu'à elle-même. C'était elle qui avait conseillé à son coéquipier de se débrouiller pour obtenir un privilège... Au fond, Sverre n'avait fait que saisir l'occasion en or que Lisbeth lui tendait sur un plateau. Le cœur brisé, la jeune fille arracha d'un coup sec le triangle bleu de la troisième rotation des Hydros de sa poitrine.

Journal de bord

10 août 2025

2 h 04

C'est à peine croyable.

Nous sommes à l'intérieur !

Et il fait frais !

J'ai vu Anton, agrippé contre la paroi de la montagne, lancer une corde vers la passerelle construite en avancée devant l'entrée du bâtiment. Il a plusieurs fois vérifié la solidité de son filin et puis il s'est décroché pour se balancer dans le vide. J'ai retenu mon souffle jusqu'à ce que ses pieds s'accrochent à la passerelle métallique en faisant « clong ». Un bruit qui a résonné partout autour de nous mais qu'on était les seuls à entendre.

Encordée, je n'ai pas eu trop de mal à le rejoindre. Nous avons déverrouillé les cinq portes blindées et, par précaution, nous avons décidé de les laisser ouvertes. Nous avons de la chance que le système électrique ait tenu jusque-là, mais il ne faut pas tenter le diable. Ensuite, nous avons emprunté un long couloir en pente. À chaque pas, à chaque porte franchie, nous avons espéré trouver un survivant ou une survivante : ingénieur, visiteur exceptionnel, ouvrier destiné à l'entretien du bâtiment… Malheureusement, il n'y a personne. Au moment de la catastrophe, les gens devaient être chez eux, collés à leurs écrans ou à leurs radios… Dommage, car les trois chambres froides, construites à plus de cent mètres sous la montagne, n'ont souffert d'aucun dégât. La chambre centrale contient plusieurs rangées d'étagères remplies de cartons ou de caisses qui renferment les semences provenant de tous les pays ou presque. La deuxième chambre est vide hormis une caisse de conserves. Il y a deux gros bidons d'essence dans la troisième.

Anton a déniché une petite cuisine et un lit une place recouvert d'un plaid rouge. Un luxe inattendu. Autre luxe, les lumières fonctionnent. Je ne sais pas combien de temps les réserves d'électricité tiendront. Je ne peux pas m'empêcher de me dire que c'est peut-être la dernière fois que nous voyons des ampoules allumées, un frigidaire qui fonctionne, une plaque de gaz qui chauffe nos aliments…

Pendant qu'Anton fait le point sur ce qu'il nous reste à manger, je me suis attablée pour écrire pile sous la lumière de l'ampoule. Cela soulage mes yeux et, bonus, la température de la pièce est plus qu'agréable. Nous allons profiter de cette fraîcheur bienvenue pour reprendre des forces. Demain, nous étudierons quelles graines il sera judicieux d'emporter et nous commencerons un inventaire. Il me tarde que Sacha soit là, c'est lui le spécialiste en botanique.

Dès que j'ai une minute, je visualise avec le plus de précision possible le Soyouz de nos coéquipiers. Je l'imagine posé sur la terre ferme. Je vois Aya, Sacha et Susannah en sortir, détendre leurs corps engourdis par le trajet et alourdis par la gravitation. Je les aide mentalement à se remettre debout…

Anton me dit que c'est prêt. Ça sent extrêmement bon ! Je finirai d'écrire plus tard.

3 h 30

Enroulé dans son duvet, Anton dort en chien de fusil. Sa tête repose sur le matelas une place que nous avons posé par terre, ses jambes sur un amoncellement de cartons. J'aime écouter sa respiration légère et régulière. De mon côté, je suis exténuée mais, avant de dormir, je veux finir d'écrire le déroulement de notre premier vrai repas terrestre. Alors voilà : Anton a déposé sur la table deux assiettes creuses remplies à ras bord de pâtes fumantes. Mon ventre a gargouillé en constatant qu'il les avait arrosées d'huile d'olive et de parmesan. Ces simples pâtes, c'était déjà quelque chose ! Mais Anton avait une autre surprise pour moi. Il est reparti vers un placard et est revenu avec deux verres à pied et une bouteille de vin blanc. Il m'a dit : « J'ai déniché une bouteille et je pense qu'elle devrait plaire à la Française que tu es ! C'est un vin blanc de Bordeaux, un "Clos des Lunes" du Domaine de Chevalier année 2022, tu connais ? » J'ai remué sur ma chaise, partagée entre joie et malaise. Je ne me sentais pas de l'ouvrir sans les autres. Anton a tout de suite compris. Il m'a fait un clin d'œil avant d'ajouter : « Il y a une deuxième bouteille dans le placard et je crois qu'on a bien mérité un petit verre... » Je lui ai souri. Il m'a rendu mon sourire et s'est assis face à moi. Cérémonieusement, il a débouché la bouteille et a humé le bouchon avant de remplir nos verres. Ces gestes, si banals, m'ont soudain semblé... presque sacrés... J'ai pensé aux verres que j'avais partagés avec mes parents, mes amis, mon ex... J'ai pensé à mon fils qui avait eu le droit de tremper ses lèvres dans ma coupe de champagne avant mon départ... Et puis j'ai bloqué mes pensées pour ne pas m'effondrer. Dans la mesure du possible, je voulais essayer de profiter de ce moment. C'était certainement la dernière, ou l'avant-dernière fois puisqu'il reste une autre bouteille, que nous partagions un verre de vin.

Avant de boire, j'aurais voulu porter un toast, dire quelque chose, prononcer de jolis mots, mais ma gorge était trop serrée. Face à moi, Anton avait lui aussi les yeux brillants. Je ne sais pas comment expliquer ce que nous ressentions. Il y avait trop d'émotions mêlées. C'était un moment si important… comme une première fois et comme une dernière fois.

Pour finir, nos verres se sont entrechoqués et nous avons chacun bu une gorgée.

Le vin était absolument délicieux.

Il avait… comment dire… un goût de l'ancien monde ?

Anton a avalé une autre gorgée et il a entrouvert ses lèvres, mais aucun son n'est sorti de sa bouche. Alors, tandis que les larmes inondaient nos joues, nous nous sommes mis à manger en silence.

ÉRÉMOS

63E JOUR PERPÉTUEL DE L'AN 376 AGS

Les Semailles. Habituellement, c'était la période que Lisbeth préférait. Les Semeurs jetaient les graines à la volée ou les enterraient dans des petits trous. Et, lorsque la terre était entièrement fécondée, les Hydros venaient l'arroser d'une pluie fine mais continue. À peine quelques jours plus tard, le miracle se produisait. De minuscules pousses perçaient la croûte de terre ocre. Encore fragiles, elles s'élevaient vers le Soleil, développaient des feuilles, des fleurs, puis des fruits. Lisbeth avait beau contempler cette magie depuis des années, elle ne s'en lassait pas.

Mais en ce soixante-troisième JP, semailles ou pas, c'était la pire rotation de sa vie. Le visage fermé, les traits tirés, elle allait et venait jusqu'au puits d'accès et réglait la pression de l'eau dans les tuyaux de métal sans décrocher un mot à son nouveau binôme, un homme d'une quarantaine d'années, taiseux lui aussi.

À la pause, Lisbeth prit son petit auvent portable et alla le déplier à l'écart. L'homme ne parut pas s'en offusquer, au contraire. Peut-être était-il mécontent qu'on lui ait imposé une renégate. Elle s'assit à l'ombre, sortit sa gourde de son sac et but une longue goulée pour dissiper la boule dans sa gorge.

Elle n'y arrivait pas.

Elle avait beau se concentrer sur chacun de ses gestes, sur la texture des nuages qui grossissaient dans le ciel, sur l'électricité qui flottait dans l'air, sur les insectes qui s'enfuyaient de guingois, sur les oies qui volaient en direction de la pinède, Lisbeth n'arrivait pas à chasser cette colère qui avait fait son nid en elle.

Ma mère qui disparaît.

Jakob qui meurt sous mes yeux.

Sverre qui me dénonce.

Et maintenant Viggo qui s'adresse à moi comme s'il n'y avait rien entre nous.

Lisbeth referma la gourde. La soif qu'elle ressentait se situait ailleurs. Elle ferma les yeux, chercha une respiration plus ample et ne la trouva pas. Lorsqu'elle rouvrit les paupières, elle constata que son binôme, assis un peu plus loin, l'observait du coin des yeux. Elle voulut l'interpeller, mais réalisa qu'elle avait oublié son nom. Et d'ailleurs, à quoi bon le connaître ? Les Élus l'avaient changée de rotation. Il était évident qu'ils avaient demandé à cet homme de la tenir à l'œil. Ils ne l'avaient laissée sortir de prison que pour la mettre sous surveillance.

Dans une prison à ciel ouvert…

Nerveuse, Lisbeth rangea rapidement ses affaires dans son sac et se leva pour se remettre au travail.

La deuxième partie de la rotation fut aussi silencieuse que la première. L'un et l'autre n'ouvrirent la bouche que lorsque c'était nécessaire à la bonne exécution de leurs tâches. Repliée sur sa souffrance, le temps parut atrocement long à Lisbeth.

Lorsque, enfin, son binôme et elle montèrent dans le wagonnet, Lisbeth sentit tout le poids de sa rotation alourdir ses épaules et arrondir son dos. Épuisée, elle laissa son regard se perdre sur la ligne d'horizon, là où le ciel légèrement jaune se confondait presque avec les nuances de sable. Happée par cette blondeur létale, elle s'imagina marcher jusqu'au Dallol et disparaître dans sa chaleur.

Le choc du chariot contre la butée d'arrivée la sortit de sa torpeur. En descendant, elle constata qu'un peu plus loin, sur la Grande Place du Soleil, les gradins étaient montés. Symbole du pouvoir des Élus, des fanions représentant l'astre enfermé dans un œil étaient plantés de chaque côté de l'estrade. Le bourreau était déjà sur scène, répétant le rôle qu'il allait y jouer. Le visage recouvert d'un masque jaune, il testait son matériel : la poulie qui faisait descendre la corde de la potence et la trappe qui s'ouvrait sous le condamné. Tout était prêt pour la Grande Cérémonie d'Investiture. Cette simple constatation provoqua un profond malaise chez Lisbeth. À l'entrée de la Cité, elle ne résista pas au désir de dévier sa marche en direction de la côte, mais son binôme la rappela immédiatement à l'ordre :

– À ta place, je rentrerais chez moi.

– Tu n'es pas à ma place !

– C'est vrai. Mais regarde qui arrive…

Il lui désigna un Milicien qui venait vers eux.

– Tout va bien ici ?

– Oui, je pense que tout va bien, répondit le binôme de Lisbeth.

– Hydro ?

– Tout. Va. Bien, dit-elle entre ses dents serrées.

Prise d'une sorte de nausée, Lisbeth se sentit tanguer. Un instant, un instant seulement, elle fixa le Soleil pour retrouver son équilibre. Aveuglée, elle cligna des yeux plusieurs fois, mais c'était trop tard. Des cercles noirs s'imprimaient déjà sur le paysage. La Cité était envahie de taches sombres.

Journal de bord

11 août 2025

9 h 03

La nuit dernière nous a un peu retapés. Je crois que le sommeil nous a terrassés quasiment en même temps. C'est la première fois que nous avons réussi à dormir cinq heures d'affilée, peut-être grâce à l'obscurité, peut-être aussi parce que nous nous sentons un peu plus en sécurité ici, ou peut-être parce que nos larmes nous ont épuisés… Quand je me suis réveillée, j'ai constaté qu'Anton me tenait la main. Je me suis répété cent fois que c'était juste un réflexe, un simple réflexe.

12 h 35

Cela fait sept jours que nous sommes redescendus sur Terre et Susannah, Aya et Sacha n'ont toujours pas donné signe de vie. Ce matin, nous avons confectionné une échelle de corde rudimentaire pour permettre un accès plus facile au grenier et étendu un grand plaid rouge sur la passerelle pour que nos amis puissent la repérer de loin. Anton et moi nous relaierons pour scruter l'horizon et nous enverrons régulièrement des signaux de lumière à l'aide d'un miroir.

Pour le moment, rien en vue. D'ailleurs, ma vision m'inquiète toujours. De loin ou de près, tout me semble plus flou qu'avant. Heureusement, ma migraine me laisse un peu tranquille, c'est déjà ça.

15 h 54

Après un déjeuner rapide et un café, nous nous sommes rendus dans la réserve. Ce lieu est absolument incroyable ! Des centaines de caisses s'entassent dans les rayonnages et elles viennent de tous les pays, même de la Corée du Nord ! À l'intérieur, nous avons trouvé des sachets d'aluminium scellés avec les noms et les origines des semences inscrits dessus. C'est là que le choix est cornélien. Il va falloir que nous décidions quelles graines de quel pays pourra le mieux convenir à cette configuration inédite : l'endroit que nous trouverons pour tenter d'y recréer la vie sera forcément éclairé par le Soleil en permanence...

Autre problématique : une fois qu'on aura sorti les graines d'ici, il ne faudra pas chômer. Si, grâce à la congélation du permafrost, les graines pouvaient tenir jusqu'à cent ans, à température ambiante, voire chaude ou très chaude, elles ne se conserveront pas plus de cinq ans…

18 h 00

Le camion me trottait dans la tête. Je me suis dit que nous pourrions le déterrer et voir dans quel état il est. J'en ai parlé à Anton. D'après lui, c'est un Unimog, sans doute un engin de service de la station. Il dit que c'est costaud, ces trucs-là. Il va falloir creuser pour voir si le moteur et les pneus ont tenu… On s'y attellera demain.

ÉRÉMOS

63E JOUR PERPÉTUEL DE L'AN 376 AGS

La Bijoutière avait dit que le pendentif serait prêt le soixante-troisième ou le soixante-quatrième JP, mais Lisbeth ne voulait plus attendre que Viggo le lui offre. Elle ne voulait plus rien attendre de lui. Comme pour Hélin et Tobias, leur histoire était vouée à l'échec depuis le début.

– Hallo, je suis venue voir si le pendentif était prêt.

– Celui avec le scarabée vert ?

La Bijoutière ouvrit une boîte et lui montra le bijou. Il était magnifique. La résine avait la forme d'une goutte d'eau et, sous sa transparence, les couleurs du scarabée éclataient plus encore. Pourtant, il y avait quelque chose de résolument mélancolique à regarder cet insecte immobilisé à jamais.

– C'est combien ?

– Cinq Sols.

Lisbeth fouilla dans son sac et en sortit cinq bons d'échange. Cela représentait quasiment une semaine de nourriture. C'était une folie, mais elle s'en contrefichait. La femme lui tendit le bijou. Voilà, il reposait dans la paume de sa main.

– Tu veux que je t'aide à le mettre ?

Lisbeth tourna la tête pour voir qui venait de lui faire cette proposition.

– Rune !

– Hallo Lisbeth, comment vas-tu ?

– Et toi ? Je me suis tellement inquiétée quand tu as été remplacé... Qu'est-ce qu'il s'est passé ?

Le jeune Renifleur se gratta l'arrière du crâne d'un air pensif.

– Ça, j'aimerais bien le savoir... Après la dernière rotation que j'ai faite avec vous, je suis rentré chez moi. Quelques sabliers plus tard, la Milice m'a réveillé en frappant à ma porte. Je peux te dire que j'ai eu la peur de ma vie. Finalement, ils m'ont juste accompagné pour que je travaille à l'autre bout du désert, avec une nouvelle équipe...

– Ils t'ont donné une raison ?

Il haussa les épaules.

– Aucune. Mais, heureusement pour moi, je m'entends bien avec mes nouveaux coéquipiers.

Lisbeth se repassa le déroulement des événements. Si elle se souvenait bien, Rune avait été changé de rotation juste après la Cérémonie de Transformation de sa mère et juste après qu'elle avait révélé à Tobias la question que cette dernière lui avait laissée. Est-ce que le Consistoire avait commencé à la surveiller à ce moment-là ? C'était plus que probable.

– En tout cas, je suis heureuse que tu ailles bien, Rune.

Il lui sourit.

– Toi aussi tu as l'air en forme. Et tu as trouvé un amoureux, on dirait !

Un peu gênée, elle regarda de nouveau le scarabée aux reflets verts pris dans la résine.

– Bon, ça m'a vraiment fait plaisir de te voir, Lisbeth.

– Moi aussi.

– Avec un peu de chance, on se recroisera demain, à la fête ! lui lança-t-il avant de poursuivre sa route.

Lisbeth regarda le jeune Renifleur s'éloigner. Elle demeura un moment immobile devant l'étal de la Bijoutière, espérant sans trop y croire que Viggo finirait par arriver. Tandis que, dans les hauteurs de la Cité, les grains de sable glissaient dans les grands sabliers, elle laissa ce rêve s'éteindre, puis disparaître tout à fait. Elle noua rapidement le pendentif autour de son cou et, le cœur lourd, elle rentra chez elle.

Journal de bord

12 août 2025

20 h 25

Il y a beaucoup de vent aujourd'hui, ce qui rend la chaleur de ce Soleil perpétuel plus supportable. On en a profité pour désensabler le camion. Ça nous a pris la journée et là on est vidés. On y regardera de plus près demain…

La lumière aveuglante qui se reflète sur ma page m'oblige à plisser les yeux pour écrire ceci : Anton mesure un mètre quatre-vingt-cinq. Il a trente-cinq ans, soit un an de moins que moi. Quand je l'ai rencontré au début de ma formation d'astronaute, il avait quelques cheveux gris. Maintenant, ils sont tout blancs. Il a des yeux noirs et profonds, des pommettes hautes, un sourire à tomber. Ma vue m'inquiète et j'ai besoin de marquer tout ça, de bien mémoriser son visage, ses mimiques, ses grains de beauté... Si un jour je n'y vois plus du tout, je ne pourrai pas me relire, mais il me semble que le noter m'aidera à le mémoriser. Et puis dans quelques années, qui sait, quelqu'un pourra peut-être me faire la lecture de ces lignes...

« Qu'est-ce que tu écris ? »

J'étais assise sur la passerelle d'accès au grenier. Mes jambes se balançaient dans le vide et je me suis sentie rougir. J'ai bafouillé un peu, puis je lui ai expliqué que je tenais un journal. Évidemment, c'était pas un scoop. Ça faisait des jours qu'il me voyait écrire dans mon carnet. Anton s'est assis près de moi. Il a glissé ses jambes de part et d'autre d'un des barreaux métalliques. Je ne voulais surtout pas qu'il lise ce que je venais d'écrire. J'ai retourné le carnet, ouvrant la partie où je prenais des notes sur les connaissances indispensables au fonctionnement d'une société future, et je les lui ai montrées.

Il a parcouru les quelques schémas que j'ai dessinés à main levée : roue à aubes, utilisation de la vapeur, clepsydre... Il m'a fait remarquer que l'eau m'inspirait. Sa phrase m'a tout de suite ramenée à la vague monstrueuse, mais je n'ai rien dit. À quoi bon ressasser ce cauchemar ? J'ai préféré lui rappeler qu'il fallait qu'il s'y mette lui aussi, qu'il prenne le temps de trier ses connaissances et qu'il les couche sur le papier. Il a acquiescé. On s'est tus un moment et nos regards se sont portés dans le lointain.

« Ils vont arriver. »

J'ai dit ça comme si c'était une évidence.

Anton ne m'a pas répondu.

Il s'est contenté de prendre ma main dans la sienne.

ÉRÉMOS

63E JOUR PERPÉTUEL DE L'AN 376 AGS

Anxieuse, Lisbeth triturait nerveusement son pendentif. Elle avait longtemps désiré cet objet mais, maintenant qu'elle le portait, il la gênait. Elle n'aimait ni son poids sur sa poitrine, ni la sensation du cordon qui frottait sa nuque. Qu'avait-elle donc pensé obtenir en acquérant le même bijou qu'Hélin ? Celui que portait cette dernière symbolisait l'amour qui l'avait liée à Tobias. C'était un amour d'enfance dont elle n'avait pas réussi à faire le deuil. Lisbeth se rappelait qu'un jour, Ava lui avait dit qu'Hélin se rendait tellement malade avec cette histoire qu'elle lui avait conseillé de jeter le pendentif. En vain.

Leur histoire d'amour est morte en même temps que les yeux de Tobias...

C'était juste après sa Cérémonie d'Investiture, juste après que j'ai commencé ma formation d'Hydro auprès de Sverre...

Et bien sûr, tous ces événements n'auraient pas eu lieu sans l'intervention de ma mère...

C'était Hélin qui lui avait appris qu'Ava avait disparu. C'était elle qui lui avait remis l'enveloppe qui contenait la question interdite. Et toujours elle qui lui avait parlé de Jakob et qui l'avait lancée sur cette piste en dépit de tous les risques que cela comportait. Au fond, Hélin était au centre de tout... Lisbeth arracha le pendentif de son cou et le jeta par terre, puis elle sortit de chez elle. Pour éviter la Milice, elle emprunta les ruelles secondaires, se cacha derrière des murs, derrière des gens, à l'ombre des étals. Elle attendit que le Milicien en poste ait le dos tourné pour sortir de la Cité. Puis elle se mit à courir. Elle traversa la pinède en courant, la plage en courant et arriva sur le port en courant.

Hélin était là, occupée à laver le pont de son bateau à grande eau. Lorsqu'elle vit Lisbeth, son visage se fendit d'un large sourire.

– Lis ? J'étais justement en train de penser à toi !

– Vraiment ?

Le front de Lisbeth était couvert de sueur. Elle l'essuya rageusement du revers de la main tandis qu'Hélin descendait sur la grève pour la rejoindre. Arrivée devant elle, cette dernière lui prit la main.

– Je voulais m'excuser...

Perplexe, Lisbeth attendit la suite.

– J'ai entendu dire que tu avais eu des problèmes avec le Consistoire... Je m'en suis beaucoup voulu de t'avoir parlé du Cap...

Lisbeth dégagea nerveusement sa main.

– Des problèmes ? Ils ont tué Jakob, il est mort sous mes yeux ! Ensuite, ils m'ont jetée en prison et ils m'ont changée de rotation !

Le visage d'Hélin s'assombrit.

– C'est horrible.

– Tu m'as envoyée là-bas parce que tu savais que je serais suivie ! cracha Lisbeth alors que la colère prenait toute la place dans sa poitrine.

– Quoi ?

– Je voudrais juste savoir une chose. Ce mot, que tu m'as donné, est-ce seulement ma mère qui l'a écrit ?

– Mais enfin Lisbeth, qu'est-ce que tu racontes ?

– C'est tellement limpide. Tu aimes toujours Tobias. Ça crevait les yeux lors de la Cérémonie de Transformation de ma mère !

Les yeux d'Hélin s'embrumèrent. Elle était sur le point de pleurer.

– Tu es prête à tout pour le reconquérir, n'est-ce pas ?

Hélin baissa les yeux et, rougissante, elle avoua :

– Oui, mais...

Sa main se posa sur le pendentif qui reposait entre ses seins, puis une larme glissa sur sa joue. Lisbeth vit dans ce geste une confirmation de ses doutes.

– Qu'est-ce qu'il t'a demandé ? De le venger de ma mère ?

– Qu'est-ce qui t'arrive, Lis ? lui demanda Hélin en tendant de nouveau une main vers elle.

– Ne me touche pas ! hurla Lisbeth en la repoussant si fort qu'elle la fit tomber par terre.

Ce n'est qu'à ce moment-là que Lisbeth réalisa que tous les Pêcheurs présents sur le port s'étaient peu à peu rapprochés. Ils formaient un demi-cercle autour d'elles et fixaient Lisbeth d'un œil accusateur. Ils savaient qui elle était. Ils la reconnaissaient. Mais la fille d'Ava ne faisait plus partie des leurs et, en tant qu'Hydro, elle n'avait rien à faire ici.

– Prévenez la Milice ! cria l'un d'eux.

– Je vais bien ! Ce n'est pas la peine ! fit Hélin en se relevant et en époussetant sa tunique.

Mais le mal était fait. Évoquant une menace, les sons métalliques des coups donnés par les Sonneurs retentirent dans le lointain.

Journal de bord

13 août 2025

19 h 42

Bougies, durites, nettoyage du delco, nous avons passé des heures à réviser le moteur. Ensuite, j'ai laissé Anton bosser tout seul. Je voulais remonter sur la passerelle pour scruter l'horizon.

Au début, je n'ai rien vu.

Pas le moindre oiseau.

Pas le moindre signe de vie.

Je suis peut-être restée un peu trop longtemps sous la chaleur écrasante du soleil.

Car j'ai fini par voir des silhouettes.

Mon cœur s'est accéléré.

J'ai plissé les yeux pour mieux les distinguer.

Et j'ai vu Théo marcher vers moi.

Puis son père.

Puis, mon père.

Et enfin, ma mère.

J'ai fermé mes paupières très fort.

Je les ai rouvertes.

Ils n'étaient plus là.

Ils n'étaient plus là et je voulais qu'ils y soient encore.

Alors j'ai refermé mes paupières le plus fort possible.

Et je les ai rouvertes.

Mais rien.

Rien d'autre que cette horrible boue séchée à perte de vue !

Pendant un instant, je me suis sentie happée par le vide. Qu'est le vertige hormis cette attraction morbide de la chute ? De l'oubli ? Je suis rentrée en rampant sur la passerelle. Une fois à l'abri, je me suis relevée, j'ai passé les cinq portes et j'ai marché dans le couloir qui descend dans les entrailles de la montagne. Je suis entrée dans la réserve du grenier et je suis allée tout droit jusqu'aux boîtes marquées « France ». J'en ai ouvert une et j'ai sorti les sachets d'aluminium scellés. J'ai lu toutes les étiquettes : laitue romaine, haricot nain mangetout, tomate de Marmande, aubergine Bambino, basilic pourpre... Il y en avait des centaines, mais je me suis forcée à visualiser chaque graine qui devenait une pousse puis un plant. Je les ai lus et relus jusqu'à ce que mes yeux se fatiguent, jusqu'à ce que mon cerveau se calme et que la douleur s'atténue.

Je me suis endormie là, recroquevillée sur les sachets de graines.

C'est Anton qui m'a réveillée.

J'ai un peu râlé et je lui ai demandé de me laisser dormir encore un peu. C'est là qu'il m'a annoncé que Susannah, Sacha et Aya avaient réussi, qu'ils nous avaient trouvés !

J'ai recouvré toute mon énergie d'un seul coup.

Nous avons couru ensemble à la passerelle.

Au loin sur la terre craquelée, trois points noirs bien réels avançaient vers nous.

ÉRÉMOS

63E JOUR PERPÉTUEL DE L'AN 376 AGS

Lisbeth courait.

Elle fuyait les doigts accusateurs des Pêcheurs.

Elle fuyait Hélin.

Elle fuyait sa colère.

Slalomant entre les Érémosiens, elle ne pouvait s'empêcher de poser un regard fébrile sur chacun d'entre eux. Où trouver un visage ami ? Elle voyait bien que personne ne faisait vraiment attention à elle. La remarquant à peine, chacun se contentait d'avancer, concentré, déjà habité par la tâche qui l'attendait. Désespérée, ne sachant ni où aller ni où se cacher, elle se mit en tête que seul Viggo pouvait l'aider. Ne lui avait-il pas dit qu'il travaillait pour l'Administration ? Qu'il aurait bientôt un métier de poids ? Affolée, elle le chercha partout, arpenta les ruelles dans lesquelles ils aimaient se promener ensemble.

En vain.

L'angoisse chevillée au corps, elle ne se rendit pas compte de la distance parcourue et se retrouva soudain devant le Dédale. L'œil solaire, gravé dans la roche, ne renvoyait aucune émotion, aucune chaleur. Il se contentait de la fixer, de la toiser. Rien de plus. Comme elle s'était immobilisée, le Milicien qui surveillait les allées et venues lui demanda :

– Qu'est-ce que tu regardes ?

– Rien.

– Alors va-t'en !

– En fait si, je cherche quelqu'un. Je crois qu'il travaille ici... enfin au Palais... Il s'appelle Viggo, vous le connaissez peut-être ?

Quelque chose vacilla dans le regard du garde. Il observa son écusson et ajouta sur un ton étrangement chaleureux.

– Dépêche-toi de rentrer chez toi pour te reposer. Le soixante-quatrième JP approche. Ce sera un jour chômé et nous ferons la fête tous ensemble !

La fête...

Lisbeth observa plus attentivement le visage du Milicien. Il avait un regard doux, l'air gentil. Elle avait envie de lui demander s'il aimait vraiment ce genre de fête, si ça lui plaisait de voir des gens se faire sacrifier et d'autres se faire crever les yeux, mais elle s'abstint. Elle s'était déjà assez fait remarquer comme ça. Écouter ses impulsions ne lui avait apporté que des ennuis. Elle devait se rendre à l'évidence : Viggo ne viendrait pas l'aider. Il fallait qu'elle l'oublie. Il appartenait à un autre monde, une caste écrasante qui se tenait au-dessus d'elle et de ses questionnements. Une caste qui voulait faire d'elle un pantin ou la broyer. Elle n'avait plus d'autre solution que celle de partir, coûte que coûte. S'enfuir. Seule. Quitter la Cité avant que la Milice ne vienne de nouveau l'arrêter. Lisbeth pressa le pas. Elle ne regardait plus personne. Elle ne pensait qu'à rentrer chez elle, préparer un sac et disparaître. Elle s'engouffra derrière son soupirail. Elle devait faire vite et repartir dans la foulée. Mais à peine eut-elle franchi la porte qu'elle sursauta. Un homme se tenait debout dans un coin d'ombre. Encapuchonné, son visage se perdait dans les ténèbres…

Journal de bord

14 août 2025

7 h 15

Hier soir – d'ailleurs je ne sais pas s'il est encore d'actualité de parler de soir – nous avons laissé nos trois confrères se laver et se reposer un moment. Puis nous avons dignement fêté leur arrivée autour d'un bon plat de pâtes que nous avons bien sûr arrosé de notre deuxième et dernière bouteille de vin. Pour la première fois depuis la catastrophe, la joie a été plus forte que la tristesse. Susannah a chanté en russe et nous l'avons accompagnée du mieux que nous pouvions. Nous avons ri, répété les blagues de John, pleuré, nous nous sommes pris dans les bras et, pour finir, nous nous sommes endormis tous les cinq enroulés dans nos duvets à même le sol.

Voilà ce qu'ils nous ont raconté. Leur Soyouz a atterri en plein milieu de l'ancienne mer de Barents.

transformée en une cuvette de terre noire géante, ce qui les a sauvés. Comme nous, ils ont eu du mal à s'extraire de la capsule et plus encore à recouvrer toutes leurs facultés. Comme nous, ils ont constaté que la vague avait tout emporté avec elle, tout nettoyé.

« On avait l'impression de marcher sur un désert noir », a dit Aya.

Ils ont perdu du temps car Susannah a eu des problèmes respiratoires pendant deux jours. À un moment, ils ont cru la perdre. Heureusement ils avaient du salbutamol à lui donner. Lorsqu'elle s'est sentie un peu mieux, ils se sont mis en marche en se guidant à la boussole et en refaisant sans arrêt les calculs pour être sûrs de ne pas se tromper. Ils ont parcouru plus de cent kilomètres à pied avant d'atteindre l'emplacement du grenier. À la fin, ils ont manqué d'eau. Susannah est celle qui en a le plus souffert et elle a encore de vilains cernes sous les yeux.

De notre côté, nous leur avons déroulé notre plan immédiat : arriver à faire marcher le camion et descendre au plus vite vers le sud. Il faudra que nous nous installions sous un soleil de seize ou dix-sept heures. Sinon, on va cramer à petit feu et nos cultures avec... Susannah a suggéré la côte portugaise et Aya le Maroc. C'est difficile de trancher maintenant bien sûr, mais c'était tellement bon d'entendre leurs voix et de rêver ensemble d'un endroit où tout recommencer. Seulement, on a d'abord une sacrée trotte à parcourir jusqu'à la Norvège. Une fois là-bas, nous nourrissons l'espoir de pouvoir faire des haltes dans les tunnels (le pays en est rempli) pour nous protéger de la brûlure du soleil, à condition que certains d'entre eux soient encore accessibles...

ÉRÉMOS

63E JOUR PERPÉTUEL DE L'AN 376 AGS

– Ils seront bientôt là, lui dit la silhouette, et Lisbeth reconnut sa voix.

Tobias…

Le jeune Aveugle ôta sa capuche.

– Hélin m'a prévenu de ce qu'il s'est passé au port.

Lisbeth serra les poings. Elle ne s'était donc pas trompée. Contrairement aux apparences, Hélin et Tobias se voyaient toujours.

– Tout ça tombe très mal, poursuivit-il. La prochaine cérémonie approche et c'est l'occasion parfaite pour se débarrasser de toi.

Lisbeth revit la potence et le bourreau, et elle sentit ses cheveux se hérisser à l'arrière de son crâne.

– Que fais-tu ici, Tobias ? Tu voulais te venger, c'est chose faite… Cela ne te suffit pas ?

– Tu te trompes sur Hélin et moi. Nous sommes dans le même camp que toi, Lisbeth.

– Je n'ai pas de camp ! se défendit-elle.

Tobias fit un pas vers elle. À ce moment-là, le jeune garçon qui l'accompagnait à la Cité des Morts sortit de sous sa longue cape. Avec douceur, il prit la main de l'Aveugle dans la sienne et le mena jusqu'au tabouret.

– Je te présente Lukas. Il est né sourd et devait être jeté dans le désert de Dallol le jour où j'ai été transformé. Lui sauver la vie pour le former à devenir mes yeux a été la seule et unique chose que mon père m'a accordée à l'époque… Lukas est un guide extrêmement fiable et il a appris tout seul à lire sur les lèvres. Comme je préfère le laisser en dehors de tout ça, il restera derrière moi pendant que nous parlons…

– *Lukas*, répéta Lisbeth, certaine d'avoir déjà entendu ce nom quelque part.

Voyant son nom se former sur les lèvres de la jeune fille, l'enfant fit un léger signe de tête, puis il retourna se cacher derrière l'Aveugle.

– Tout d'abord, tu dois savoir qu'il y a une pièce secrète dans le Palais. C'est une ancienne grotte dont l'entrée a été fermée par une porte aux verrous complexes. Sur les murs de cette grotte sont gravés des textes sacrés et elle contient des objets qui datent de l'époque de la fondation d'Érémos. Avant de perdre la vue, j'ai eu l'autorisation de passer du temps à étudier ces objets…

Cela rappela à Lisbeth ce que lui avait raconté Amund à propos de cet Érémosien disparu juste après avoir fabriqué une serrure pour le Palais.

– Quel genre d'objets ?

– Mon préféré est un carnet. Il a l'âge de notre Cité. Il est donc très abîmé, au point d'être parfois indéchiffrable, mais je connais certains passages par cœur...

Lisbeth ne dit rien. Elle attendait la suite.

– *Nous avons vu la vie sur Terre s'éteindre aussi vite qu'une flamme sur laquelle on jette un verre d'eau. Tout le monde était mort en bas... Cette fois, hommes et bêtes étaient à la même enseigne. Personne ne pouvait survivre à de telles vagues...*

– *Bêtes* ? Qu'est-ce que c'est ?

– Dans le monde d'avant, il y avait d'autres espèces que les hommes, les oiseaux, les insectes et les poissons. Les bêtes marchaient souvent à quatre pattes...

– Comme les scarabées ?

– Si tu veux, mais en beaucoup plus gros.

Lisbeth s'imagina un scarabée gigantesque et frissonna.

– L'auteure du carnet les appelle aussi « animaux ». Ils ont tous disparu dans la mer des Nuées.

Pendant un instant, Lisbeth visualisa le pendentif représentant l'étrange créature à gros yeux qui dormait dans sa cachette. Au passage, elle se dit qu'elle ferait mieux de se débarrasser de ses trésors avant que la Milice n'arrive...

– Celle qui a écrit dans ce carnet s'appelait Lucie, poursuivit Tobias. Elle est un peu notre mère à tous et elle est aussi la première Aveugle.

– Notre mère, dis-tu ? Mais on nous parle tout le temps des « Pères » Fondateurs !

– Et pourtant... Lucie, Susannah et Aya sont descendues du ciel et ont été les premières à porter les enfants d'Érémos. Sans elles, nous n'existerions pas...

– *Lucie, Susannah et Aya,* répéta Lisbeth, fascinée.

– Lucie écrit que, lorsque la Nuit existait encore, on pouvait voir une boule argentée et des étoiles dans le ciel.

– Des étoiles ? Qu'est-ce que c'est ?

– Elle les décrit comme une multitude de minuscules soleils et, ce n'est pas tout, plusieurs fois Lucie écrit qu'elle regrette que la Nuit n'existe plus.

– Elle regrette la Nuit ? Elle ne la craint pas ?

Tobias secoua la tête.

– Quand elle descend du ciel et qu'elle se retrouve ici, elle est désespérée de ne trouver que le Soleil. Elle écrit : *Un soleil perpétuel ? Un jour sans fin ? C'est ça qu'est devenu le monde ?*

– Je ne comprends pas... Où sont partis *la Nuit, les étoiles* et cette *boule argentée* ?

– C'est ce que j'ai voulu aller voir quand je me suis enfui.

– Le jour où ma mère t'a ramené au Palais ?

Tobias acquiesça.

– J'ai dit à Ava que je ne voulais pas rentrer, que je voulais m'enfuir. Je lui ai dit que je préférais voir la Nuit avec mes yeux plutôt que d'entrer dans la Nuit sans eux. Ta mère m'a caressé les cheveux, puis elle m'a dit que je n'y arriverais pas, que je ne pourrais pas nager aussi longtemps et que j'étais trop jeune pour mourir... Quand je me suis mis à pleurer, elle m'a confié que, chacun leur tour, les membres de votre famille ont tous tenté d'aller voir ce qu'il y a derrière les Brumes. J'ai vu sa tristesse quand elle a ajouté qu'aucun n'en est jamais revenu vivant.

Lisbeth se força à déglutir, mais la boule qui s'était formée dans sa gorge ne bougea pas d'un pouce.

– Tu es sûr ? Ma mère t'a dit qu'ils voulaient *aller voir,* pas qu'ils avaient été *emportés* ?

Tobias acquiesça.

– Ils cherchaient des réponses.

– Mais alors, je ne comprends pas ! Pourquoi a-t-elle demandé un poste d'Hydro pour moi ? Pourquoi me mettre à l'écart ?

– Ta mère n'a rien demandé du tout. C'est mon père qui lui a imposé ce privilège. Il a ordonné ton transfert par décret le jour même.

– Quoi ?

– Comment ta mère aurait-elle pu contester une telle faveur sans s'attirer les foudres du Consistoire ?

Lisbeth était abasourdie par cette révélation. En même temps, elle avait enfin sa réponse. Ses parents étaient partis chercher la Nuit derrière les Brumes et sa mère lui avait laissé cette question pour qu'elle ne reste pas en arrière.

– Je voulais que tu saches la vérité, mais je dois partir maintenant. La Milice ne va pas tarder à venir te chercher, conclut Tobias en s'approchant d'elle.

Il toucha son bras et, à tâtons, il descendit jusqu'à sa main qu'il serra avec force.

– Il me reste une dernière chose à te dire. N'oublie jamais que, si l'on doit s'efforcer de vivre dignement, il est tout aussi important de *bien savoir mourir*.

Journal de bord

28 août 2025

23 h 25

Cela fait pile un mois que la Lune a explosé.

Pile un mois que la Terre a changé de visage.

Pile un mois que nos proches nous ont été arrachés.

C'était le moment de leur préparer une cérémonie.

On ne savait pas trop comment faire.

Et puis Aya a eu une idée.

Les semences.

On ne pourrait pas toutes les emporter.

Chacun a choisi celles qu'il voulait.

J'ai fouillé dans la caisse française et j'y ai trouvé des graines de coquelicots.

Les fleurs préférées de mon fils. « Les coquelicots, c'est trop beau ! » aimait-il répéter lors de nos promenades quand il avait quatre ou cinq ans. Et plus tard, il s'était remis à les chérir parce qu'il avait appris qu'elles étaient synonymes d'une terre vivante, non brûlée par les pesticides...

Sacha a déniché un petit coin d'ombre au pied de la montagne et nous nous sommes assis en cercle.

Chacun a pris son temps.

Le temps qu'il fallait.

Pour enterrer ses graines.

Une graine pour chaque deuil.

Avec cette chaleur, elles ne pousseront pas, bien sûr.

Ce qui compte, c'est le geste, le moment, ce rituel que nous avons inventé tous ensemble.

On a marmonné des prières, des regrets, des pensées.

On a pleuré, bien sûr.

On s'est pris dans les bras.

Sacha a récité un poème.

Susannah a chanté.

Lorsque j'ai sorti l'harmonica de John et joué maladroitement quelques notes, nous nous sommes tous rapprochés en nous tenant par les épaules, comme si l'équipe était à nouveau au complet.

Puis je suis rentrée me cacher.

Je me suis roulée en boule dans un coin de la chambre froide.

Au bout d'un moment, je ne saurais dire combien de temps, j'ai senti qu'on me caressait l'épaule. C'était Anton, bien sûr. Il a déposé une couverture sur mes épaules. J'aurais voulu me lover dans ses bras et m'endormir avec lui. J'étais certaine que, l'espace d'un instant au moins, notre étreinte m'aurait fait oublier cette apocalypse. Mais je n'ai pas osé. J'ai resserré la couverture autour de moi et, quand il est parti, je me suis réfugiée dans mon carnet.

ÉRÉMOS

63E JOUR PERPÉTUEL DE L'AN 376 AGS

Juste après le départ de Tobias, Lisbeth se dépêcha de récupérer les objets qu'elle avait ramassés dans le désert. Avec tout ce qu'elle venait d'apprendre, il était hors de question qu'elle ne les emporte pas avec elle. Tout au fond de sa cachette, elle retrouva son écusson de la troisième rotation. Elle fourra les objets dans son sac et, à l'aide d'une épingle, elle fixa son ancien écusson par-dessus le nouveau. Avant de partir, elle jeta un dernier regard en arrière. Quoi qu'il se passerait ensuite, elle savait qu'elle ne reverrait plus jamais cette maison dans laquelle elle avait vécu depuis sa naissance.

– Pas le temps de t'apitoyer, se sermonna-t-elle en ouvrant la porte.

Dans les hauteurs de la Cité, les Sonneurs annonçaient la troisième rotation. Elle se mit à marcher en direction des rails, l'air de rien. Elle portait le bon écusson. Personne ne se rendrait compte que, juste en dessous, son cœur battait trop vite. Elle avait son sac de travail sur l'épaule. Rien ne la discernait des autres Érémosiens. Son plan était simple. Il lui suffisait de prendre un chariot et d'aller jusqu'aux confins du désert. Pour passer inaperçue, elle s'enfoncerait dans un champ de chanvre, puis elle traverserait des oasis pour descendre vers le sud. Elle savait où étaient les puits. Elle ne souffrirait ni de la faim ni de la soif. Ensuite, elle trouverait bien un endroit où se cacher. À choisir, Lisbeth aurait bien sûr préféré rejoindre la mer des Nuées et suivre les traces de sa mère. Mais elle n'avait pas de bateau et se jeter à corps perdu dans la mer comme l'avait fait Tobias équivalait à se suicider. Il ne lui restait donc qu'une seule option. Celle de Jakob. Le vieil homme avait survécu des années dans le désert et, si Lisbeth n'avait pas conduit les Miliciens jusqu'à son repaire, il y vivrait encore...

– Lisbeth ?

Un homme marchait vers elle. Comme il avait le Soleil dans le dos, elle ne le reconnut pas tout de suite.

– Où vas-tu ?

Mince, Odd !

– Hallo, fit-elle en levant une main devant ses yeux pour se protéger du Soleil.

– Pourquoi portes-tu ton ancien écusson ?

– Ils... Ils m'ont remise sur la troisième...

– Ah oui ? fit-il en ôtant l'épingle.

L'écusson tomba par terre. Lisbeth voulut s'enfuir, mais il la retint par le bras.

– MILICE ! MILICE ! se mit-il à hurler.

Lisbeth tenta de se dégager de son emprise mais il la retint en la ceinturant avec force.

– Odd !

– Je ne fais que mon devoir de citoyen.

– Mais…

– Qu'est-ce que tu croyais ? Que je prendrais le risque d'être arrêté pour te couvrir ?

– C'est toi qui m'as dénoncée ?

– Pourquoi crois-tu qu'ils avaient changé votre Renifleur de rotation ? J'étais là pour te surveiller, Lisbeth. J'étais juste là pour te surveiller…

– Mais alors ce n'est pas Sverre qui… ?

– MILICE !

– Lâche-moi ! fit-elle avant de mordre son avant-bras jusqu'au sang.

Journal de bord

Jour perpétuel 2 de l'an 1 AGS

20 h 30

La cérémonie faite, nous n'avions plus qu'un objectif : quitter le Spitzberg.

Anton, Aya et Sacha ont passé plusieurs heures sur le camion et, lorsque le moteur a toussé puis finalement démarré, je crois que nous avons eu le même genre d'émotion que lors de la mise à feu de la fusée qui nous emmenait vers l'ISS. Ce court moment d'euphorie passé, nous avons entassé dans la benne de l'Unimog les caisses de semences et toute la nourriture que nous avons trouvée dans la réserve (principalement des boîtes de conserve et des barres chocolatées). Nous avons laissé un message sur les murs du grenier : « Ici sont passés Aya, Lucie, Susannah, Anton et Sacha après la catastrophe. Nous descendons vers le sud. Nous projetons de planter les graines quelque part en bordure de la nouvelle mer. » Puis nous sommes partis, désespérés de devoir laisser, faute de place, des outils ou des matériaux que nous allons regretter un jour ou l'autre.

Sacha s'est mis derrière le volant. Les premiers kilomètres ont été épouvantables. Le sol crevassé et les amas rocheux nous ont obligés à de multiples détours, nous faisant sans cesse revoir à la baisse le pourcentage de nos chances de succès. Puis nous nous sommes rapprochés de ce qui devait autrefois être un fond marin. C'était une plaine limoneuse asséchée, craquelée, s'étendant à perte de vue vers le sud. Là, nous avons pu avancer à toute vitesse, laissant une traînée de poussière dans notre sillage. C'était comme rouler sur Mars. Nous avions le sentiment de découvrir un nouveau monde. Mais nous restions méfiants. Si cette étendue plane nous permettait d'avancer rapidement sans obstacle, elle était aussi inquiétante, un peu comme un océan sans terre à l'horizon...

À un moment, Sacha a jeté un œil sur la jauge d'essence et a constaté qu'on était à la moitié du réservoir. Avec les deux jerricans qu'on a récupérés, à condition de ne pas rouler trop vite et suivant les obstacles à venir, on pouvait espérer une autonomie d'environ trois cents à quatre cents kilomètres.

« On va bien finir par trouver quelque chose. Le monde n'est quand même pas parti en fumée... » a lancé Anton avec son optimisme tout-terrain. Personne n'a renchéri. Il faut dire que la chaleur était terrible et Sacha a décidé que nous devions faire des pauses tous les cent kilomètres pour ne pas risquer la surchauffe du moteur et des organismes. Sans rien en dire, nous nous rationnons tous, particulièrement sur l'eau. Tant que nous sommes près du pôle, tout s'évapore à une vitesse terrifiante. Nous avons récupéré le maximum d'eau potable que nous avons pu trouver au grenier, mais la brûlure du Soleil et les vents chauds nous obligent à boire beaucoup. En dernier lieu, nous pourrons toujours filtrer nos urines dans nos gourdes Berkey, mais je crains que cela ne nous permette pas de tenir bien longtemps...

Point sur les dates.

Ça fait deux jours que nous roulons. Ça nous a laissé du temps pour réfléchir et nous avons décidé de changer les dates. Après tout, il n'y a plus de civilisation et plus d'alternance jour/nuit, alors à quoi bon continuer avec l'ancien calendrier ? Nous en avons longuement discuté et nous nous sommes mis d'accord. Le moment de notre départ est devenu notre « Jour perpétuel numéro 1 de l'an 1 après le Grenier Sacré ». Pourquoi « Sacré » ? Parce que rien n'est plus important que ces graines et puis, tout scientifiques que nous sommes, nous avons besoin de conserver une part de divin dans ce foutoir planétaire…

ÉRÉMOS, GRANDE PLACE DU SOLEIL

64E JOUR PERPÉTUEL DE L'AN 376 AGS

Cette fois, c'était terminé. Lisbeth se tenait dans les coulisses, pieds et poings liés. Les grands rideaux qui masquaient le fond de la scène battaient à cause du vent. Ainsi, Elon lui apparaissait de manière intermittente. Paré de sa tunique de fête d'un jaune aussi somptueux que le Soleil, il se tenait debout derrière un immense porte-voix. Au nom du Consistoire, il s'adressait à la foule silencieuse, amassée sur les gradins et dans la fosse qui jouxtait l'estrade.

– Peuple d'Érémos, nous vous avons convié à la centième Grande Cérémonie d'Investiture et nous sommes heureux de vous voir tous réunis devant nous ! En ce soixante-quatrième jour perpétuel après le Grenier Sacré, nous sommes fiers de compter cent vingt-cinq mille citoyens en bonne santé ! Depuis sa fondation, Érémos n'a jamais été aussi bien portante et c'est grâce à vous !

À force de labeur et de discipline, nous obtenons toujours plus de terres cultivables et nous ne manquons de rien !

– *Je remercie notre Soleil bien-aimé qui nous nourrit*, psalmodia la foule d'une seule voix.

– Et, pendant que vous travaillez, nos six Aveugles ne cessent jamais de combattre la Nuit pour votre sécurité !

L'évocation de la Nuit provoquait toujours un frisson d'angoisse chez les habitants d'Érémos. Elon laissa cette onde traverser la foule avant de reprendre son discours.

– Comme chacun d'entre vous le sait, Göran, qui faisait partie des Six depuis trente années, s'est éteint lors de la première rotation du quarante-neuvième JP. De par sa charge religieuse, son corps a rejoint les os de nos ancêtres. Il se mêlera à eux pour l'éternité…

Elon se tut un instant, afin de laisser le temps aux Érémosiens de baisser la tête et de se recueillir en souvenir de l'illustre défunt.

– Il ne doit pas se passer plus de seize jours sans que les Six soient au complet. Aussi, au cours de cette cérémonie, le jeune Lars sera privé de ses yeux afin de trouver *la vraie lumière dans l'obscurité* ainsi que l'affirment les textes sacrés ! Et, afin que notre Soleil dure perpétuellement, nous lui offrirons un citoyen déchu en sacrifice !

Elon marqua de nouveau un silence, puis il lança d'une voix enthousiaste :

– Érémosiens, je vous souhaite une belle cérémonie et une belle fête !

Un concert d'applaudissements répondit à ces dernières paroles. Un Milicien s'approcha alors de Lisbeth et trancha les liens qui enserraient ses chevilles. Puis il la saisit par le bras pour l'emmener sur l'estrade. Elle tenta de se débattre, mais cela ne servit à rien. Elle avait toujours les poignets solidement attachés dans le dos. Le Milicien la fit monter sur l'échafaud qui surplombait la foule. Lorsqu'il l'immobilisa, Lisbeth ne put s'empêcher de jeter un coup d'œil au-dessus d'elle. Elle se raidit en voyant la corde qui briserait bientôt sa nuque.

Juste après, les Sonneurs annoncèrent le tour du futur Aveugle de monter sur l'estrade. C'était un garçon blond et longiligne d'une douzaine d'années. Il avait l'air terrifié. Nouveau son métallique lorsque le bourreau, vêtu d'une tunique noire et d'un masque jaune, monta sur scène. D'un geste théâtral, il salua la foule avant d'aller surveiller les tisons qu'il avait laissés sur le feu. Le cœur de Lisbeth se comprima au point de lui faire mal. Elle tenta de se concentrer sur la foule massée dans la fosse. Désespérée, elle y rechercha des visages connus et ne fut pas longue à en trouver un. Elle prononça *Sverre* sans émettre un son, juste avec ses lèvres, et là-bas, celui qu'elle avait aimé comme un frère lui répondit de la même manière. Elle lut sur ses lèvres : *Lisbeth.* Ses yeux brillaient d'émotion. Près de lui, Siren avait le visage et les yeux baissés. Elle semblait épuisée.

Lukas...

Le vent se leva et balaya ses cheveux comme s'il voulait emporter ses pensées avec lui. Ça venait de lui revenir. Elle se rappelait enfin où elle avait entendu ce prénom. Dans la bouche même de Sverre ! C'était celui du premier enfant que Siren et lui avaient perdu, un bébé sourd, que le Consistoire leur avait enlevé pour le faire disparaître dans le Dallol !

Il n'était pas trop tard pour qu'ils sachent... Quand elle eut capté le regard de Sverre, Lisbeth articula plusieurs fois *LU-KAS* avec ses lèvres. Lorsqu'elle le vit froncer les sourcils, elle tourna ostensiblement la tête vers l'aréopage des Aveugles. Puis elle recommença, encore et encore, jusqu'à ce que Sverre se mette à regarder Tobias, puis l'enfant.

Tout près, un cri la fit sursauter.

Long, profond, terrifiant.

Suivi d'un autre cri, tout aussi terrible.

Lisbeth n'avait nul besoin de regarder pour comprendre ce qu'il se passait. Le tison ardent du bourreau avait touché les yeux du garçon, l'un après l'autre...

– *Rentre dans la Nuit et protège-nous d'elle. Par ton sacrifice, apporte-nous la Lumière Éternelle*, prononcèrent les douze Élus en chœur, tandis qu'une légère odeur de brûlé flottait dans l'air, écœurante.

Les acclamations rituelles de la foule explosèrent. Le souffle court, Lisbeth chercha de nouveau Tobias dans les rangs serrés des Aveugles qui jouxtaient l'estrade. À cause du vent qui s'était levé, ses longs cheveux lui revenaient sur le visage et il ne faisait rien pour les enlever. Il serrait le jeune Lukas contre lui, comme s'il voulait le protéger de cet odieux spectacle. De son côté, Sverre avait de nouveau les yeux rivés sur elle, car c'était son tour. Elle allait être sacrifiée pour prétendument protéger la Cité. Tout cela était tellement absurde. Pourquoi est-ce que personne ne semblait s'en rendre compte ? Jusqu'où étaient-ils prêts à fermer les yeux pour se croire en sécurité ?

Le bourreau s'approcha si près d'elle que Lisbeth sentit l'odeur piquante de sa transpiration. Sans un mot, il attrapa délicatement sa tête et la plaça à l'intérieur du nœud coulant. Ses gestes lui semblaient d'une lenteur exaspérante. Maintenant qu'il n'y avait plus d'issue, elle aurait voulu que tout aille plus vite, qu'elle n'ait pas même le temps d'y penser… Mais le bourreau prenait son temps. Ses mains gantées s'attardaient sur la corde. Ses gestes étaient doux, presque tendres. À tel point que la foule commença à frapper dans ses mains, impatiente d'en finir et de passer à la suite des festivités. Lorsque Lisbeth sentit qu'il lui caressait les cheveux, elle le regarda plus attentivement. De son visage, elle ne voyait que sa bouche et ses yeux dans les trous pratiqués sur son masque jaune.

Une bouche sensuelle.

Un regard à l'iris vert et pailleté.

De la couleur de la carapace d'un scarabée.

– Viggo ? eut-elle à peine le temps de prononcer alors qu'il actionnait le levier et que la trappe s'ouvrait sous ses pieds.

Journal de bord

Jour perpétuel 4 de l'an 1 AGS

23 h 24

Ce « matin », nous avions tous un regard sur la jauge d'essence qui dégringolait à vue d'œil lorsque Aya a désigné un relief au loin, une aspérité sur la plaine aride. Sacha n'a pas pu s'empêcher d'accélérer et, très vite, on a vu qu'il s'agissait de l'énorme silhouette d'un navire couché sur le côté. Mon cœur s'est accéléré : c'était le premier signe d'un vestige humain depuis la réserve du Spitzberg…

En nous rapprochant, nous avons aperçu d'autres petites masses dispersées autour du bâtiment. On a vite compris que c'était un ferry et, qu'autour de la coque déformée, il s'agissait d'un enchevêtrement de carcasses de véhicules… Ça nous a galvanisés et, dans l'habitacle, les hypothèses ont fusé. On pensait avoir suivi la côte norvégienne, peut-être être arrivés au niveau de Tromsø ou Bodø. Impossible d'en avoir la confirmation car les batteries de la tablette sont à plat et le Geonyx est inutilisable. Ce ferry, qui avait probablement coulé et s'était posé sur le fond avant que la mer ne se retire, allait nous donner des réponses…

Sacha a rapproché l'Unimog au ralenti. Une fois près de la carcasse, on s'est tous tus. Entre les carrosseries déformées, à moitié recouvertes de boue ou brûlées par le Soleil, il y avait des restes humains. C'était un spectacle à la fois irréel et terrifiant. C'étaient nos premiers morts à ciel ouvert. On est restés un moment sidérés et puis Sacha est allé garer le camion à l'ombre de l'immense coque. Il a éteint le moteur et a gueulé ses ordres : « On descend tous ! Il faut récupérer tout ce qui peut nous être utile ! » On avait du coton dans les jambes, mais on s'est quand même remués.

Aya, Susannah et moi sommes restées à terre pour chercher des réservoirs épargnés et les siphonner. Sacha et Anton ont tenté une exploration du navire. Au bout d'un moment, ils sont ressortis en tirant un énorme sac rempli de boîtes de conserve. L'eau manquait, les bouteilles ayant explosé sous la pression, mais on pouvait toujours filtrer les poches d'eau salée qui stagnaient encore dans le bâtiment. Anton a confirmé que le ferry était le « Hammerfest », basé à Øksfjord, un peu au-dessus de Tromsø.

Une deuxième exploration nous a permis de récupérer une caisse de premiers secours, quelques outils, des cartes marines et une boussole. On a repris la route très vite, sans arriver à déterminer si on était heureux ou non d'avoir la vie sauve. Dans ces moments-là, il faut juste couper ses pensées. Aya nous y a aidés en sortant son livre et en nous lisant un poème. Il s'appelle « Sensations ». Je me le suis tellement répété que je le connais par cœur.

« Par les soirs bleus d'été, j'irai dans les sentiers,
Picoté par les blés, fouler l'herbe menue :
Rêveur, j'en sentirai la fraîcheur à mes pieds,
Je laisserai le vent baigner ma tête nue.

Je ne parlerai pas, je ne penserai rien :
Mais l'amour infini me montera dans l'âme,
Et j'irai loin, bien loin, comme un bohémien,
Par la Nature, heureux comme avec une femme. »

Arthur Rimbaud a écrit ce poème en mars 1870. À l'époque, il ne pouvait pas imaginer qu'un jour pas si lointain les soirs bleus et les blés n'existeraient plus.

ÉRÉMOS, GRANDE PLACE DU SOLEIL

64E JOUR PERPÉTUEL DE L'AN 376 AGS

Le corps de Lisbeth chuta brusquement, puis stoppa net dans un claquement de corde. Tandis qu'une clameur s'élevait de la foule, la jeune fille ressentit une douleur fulgurante au niveau des côtes comme si elle était prise dans un étau géant. La corde s'était resserrée autour de son cou et maintenait sa tête en arrière mais, étrangement, elle pouvait encore respirer. Elle ne comprenait pas. Ses vertèbres cervicales auraient pourtant dû être brisées sur le coup !

Il faut savoir mourir...

Saisissant soudain le sens des dernières paroles de Tobias, Lisbeth garda ses yeux fermés et agita convulsivement ses pieds. Puis elle s'immobilisa, se laissant aller au gré du balancement de la corde.

Il y eut des applaudissements.

Suivis d'un léger brouhaha.

La cérémonie était terminée.

Au bout d'un temps interminable, Lisbeth entendit des pas au-dessus d'elle. Elle sentit la vibration d'une lame sur la corde. Son corps tomba et fut arrêté par quelque chose de mou. Une pile de linge dans ce qui ressemblait à une grande charrette à bras ? Que devait-elle faire ? Elle avait toujours les poignets liés...

Tandis qu'alentour, la voix de la foule enflait, passant des cris et des murmures de la cérémonie aux interjections plus franches de la fête, la charrette se mit en branle. Les planches de l'estrade disparurent au-dessus d'elle pour laisser place à un ciel bleu électrique. Loin de se calmer, le vent soufflait de plus en plus fort. Des bourrasques chargées de poussière et de sable sifflaient autour de la charrette et, dans leur chant plaintif, la jeune fille croyait entendre quelque chose comme *Enfuis-toi !* Indécise, elle débuta un compte à rebours. *Six Aveugles, cinq Aveugles, quatre Aveugles, trois Aveugles, deux Aveugles...* Le véhicule s'immobilisa avant qu'elle ait fini de compter.

– Lis, tends-moi tes poignets !

Lisbeth passa la tête par-dessus le rebord du chariot et vit Hélin, cachée sous un costume d'incinérateur.

– Dépêche-toi ! On n'a pas beaucoup de temps !

Hélin trancha la corde d'un coup sec puis, d'un bond, Lisbeth sauta en bas de la charrette.

– Qu'est-ce que tu fais, Hélin ?

– Ça se voit pas ? Je te sauve la vie.

– Toi ?

– Je t'expliquerai plus tard ! Pour le moment, tu dois quitter Érémos le plus vite possible !

– Comment ?

– Viens avec moi !

Lisbeth saisit la main qu'Hélin lui tendait et elles se mirent à courir sur le sable du désert.

Journal de bord

Jour perpétuel 14 de l'an 1 AGS

21 h 40

Dix jours que je n'ai pas ouvert mon carnet.

Après tout ce que nous avons vu, je n'ai pas cessé de faire des cauchemars. J'ai pris des calmants pendant quelques jours qui m'ont permis de dormir mais n'ont pas enlevé mes angoisses. Je voudrais être sûre que ceux que j'aime n'ont pas souffert, qu'ils n'ont pas eu le temps de réaliser ce qu'il se passait. Je voudrais me dire que la douleur de les avoir perdus s'arrêtera un jour. Mais c'est impossible. Des nuées d'êtres humains sont morts. Nous sommes les derniers et je sais bien que, même si ce soleil perpétuel nous brûle, nous vivrons le reste de notre existence comme une nuit sans fin...

Il faut pourtant que je continue d'écrire, que je m'astreigne à raconter.

Comme l'a prédit Anton, en Norvège – ou du moins ce qui s'est un jour appelé la Norvège – les tunnels étaient parfois bouchés. Une fois, nous avons dû faire un gros détour à cause d'une baleine échouée à l'entrée de l'un d'eux. Quand je dis baleine, c'était plutôt un enchevêtrement gigantesque d'os et de chair séchée... Vraiment pas beau à voir.

Plus loin, nous avons découvert les restes d'une ville. Ça a été un nouveau choc qui nous a rendus mutiques pendant plusieurs heures. Je me suis assise sur un gros morceau de pierre, vestige d'un clocher. Là, j'ai eu envie d'écrire, de mettre les mots en ordre pour qu'ils m'aident un peu à appréhender cette nouvelle réalité, ce seul réel qu'il nous reste. Mais je n'ai pas réussi. Il m'a fallu tous ces jours pour digérer et être capable de reprendre mon stylo. Cette « ville » me faisait penser à un gigantesque cadavre. Elle était bizarrement couchée. Elle semblait avoir été avalée puis recrachée par une immense machine à laver. Il y avait de la boue et des débris partout. Les maisons étaient défoncées, les toits arrachés, les arbres, racines à l'air, étendus sur le sol...

Et puis il y avait cette odeur.

Celle de la décomposition.

Celle d'un cauchemar à ciel ouvert.

Ensuite, la galère a continué. Les routes disparues, les pièges du relief, les obstacles, les lacs de boue...

Le camion souffre mais tient le coup. Nous trouvons régulièrement des carcasses de véhicules dans les endroits qui étaient, il y a peu encore, des concentrations humaines. La plupart du temps, les réservoirs sont éventrés, mais ceux qui ont résisté nous permettent de nous ravitailler.

Nous souffrons toujours de la chaleur. Nous avons hâte d'être sous des latitudes plus clémentes. Le soleil cuit perpétuellement la tôle du camion et lorsque nous en sortons, il s'attaque à notre nuque. Dès que possible, nous allons nous cacher dans des trous, des bouts de tunnels ou simplement à l'ombre des montagnes de gravats. Ça rafraîchit un peu nos crânes en surchauffe, nous permet de manger et de nous reposer.

Tout le monde tient plus ou moins le coup. Seule Susannah m'inquiète. Elle ne se plaint pas, ce n'est pas son genre, mais plus les jours passent et plus elle ressemble à un zombie. De mon côté, ma vue baisse lentement mais sûrement et je ne sais pas comment ça pourrait s'arranger maintenant. Quand j'y pense, c'est bizarre. C'est un peu comme si, d'une certaine manière, mes yeux voulaient retrouver l'obscurité et les nuits que nous avons perdues… Comment leur en vouloir ? Je pense beaucoup à la suite. Tant que j'arrive à écrire, je note le plus de choses possible. J'essaie aussi de motiver les autres sur leur travail de transmission des connaissances même si, pour le moment, ça leur est difficile de prendre du temps pour ça. Je pense que la plupart ne s'attelleront à cette tâche que lorsque nous aurons trouvé un endroit où nous poser... Et, en attendant, dès que nous roulons bien, j'en profite pour questionner chacun d'eux sur ce qu'il pense être indispensable à la survie de l'espèce, sur ce qu'il voudrait transmettre aux générations futures...

Voici un premier point :

Sacha a promis de mettre par écrit tout son savoir mathématique depuis le théorème de Pythagore. Il veut aussi consigner nos connaissances sur la constitution de la matière, des cellules, de la photosynthèse... Anton, plus pratique, pense décrire les plans d'une machine à vapeur. D'après lui, c'est ce qui sera le plus rapidement accessible à une « société primitive avec des moyens limités » (oui, c'est de nous qu'il parle !). Aya va noter les éléments d'une chimie de base afin de pouvoir produire de la chaux ou du savon. Et bien sûr Susannah se chargera de l'anatomie et de la physiologie humaine. Elle dit que ce serait bien de ne pas laisser nos descendants galérer sur la circulation sanguine pendant des siècles...

« That's the point. »

Sacha consignera son savoir sur les plantes et leurs applications médicales. De mon côté, en plus de la roue à aubes et de mes projets initiaux, pour conjurer ma cécité je vais rédiger les lois de l'optique, réfraction, diffraction et, pour la pratique, je noterai comment constituer du verre à partir de la silice.

C'est et ce sera un travail herculéen mais aussi un moyen de penser à autre chose...

ÉRÉMOS, DÉSERT

64E JOUR PERPÉTUEL DE L'AN 376 AGS

Pendant que les Miliciens, les Élus, les Aveugles et les citoyens festoyaient sur la Grande Place du Soleil, Hélin et Lisbeth s'enfuyaient. De plus en plus violents, les vents les poussaient dans le dos et cinglaient leurs nuques comme s'ils voulaient les bouter hors du désert. Autour d'elles, des cônes de sable torsadés se dressaient brièvement avant de disparaître, engloutis par des rafales. Depuis la cérémonie, la tempête n'avait pas cessé de monter en puissance, faisant craindre un puissant orage magnétique…

Hélin emmena Lisbeth jusqu'au port. Vidé de ses travailleurs, le lieu semblait étrangement abandonné. Sur l'eau, les risées faisaient s'hérisser une multitude de crêtes éphémères. De rares oiseaux tanguaient en vol plané, malmenés par les bourrasques. À quelques dizaines de mètres du rivage, un bateau, amarré à une ancre, résistait tant bien que mal au roulis. Sur la plage, un canot agrémenté de deux rames attendait.

– Monte là-dedans ! cria Hélin en l'aidant à s'installer dans le canot.

– Tu pars avec moi ?

– Bien sûr que non. Tobias ne pourra jamais partir d'ici et, moi, je ne pourrai jamais vivre loin de lui.

– Vas-tu au moins m'expliquer comment vous avez fait ?

– Je t'ai plusieurs fois aperçue avec Viggo sur le marché. J'étais heureuse pour toi jusqu'au jour où Tobias m'a dit à quel métier Viggo était destiné. Tu étais déjà sous haute surveillance à ce moment-là... Bref, Tobias l'a approché par petites touches, il voulait le tester, ne prendre aucun risque. Il a vite compris qu'ils avaient de sacrés points communs. Ça a beaucoup facilité la suite...

La gorge de Lisbeth se serra. Hélin se mit à pousser le canot dans l'eau.

– Dès que ta sentence a été prononcée, Tobias a tout organisé. Il n'en a jamais voulu à ta mère de lui avoir sauvé la vie. Au contraire. En vérité, c'est à moi qu'il en a beaucoup voulu... À l'époque où il s'est enfui, je venais juste d'avoir l'autorisation de m'entraîner seule à la navigation sur le bateau de mes parents. Il est venu me voir et m'a demandé de m'enfuir avec lui. J'ai cru qu'il était devenu fou ! Je ne comprenais pas pourquoi il voulait traverser les Brumes ! Pour moi, il n'y avait rien de plus terrifiant...

Désormais, Hélin avait de l'eau jusqu'à la taille.

– Alors j'ai refusé, lui confia-t-elle, les yeux brillants. Tu connais la suite. Tobias s'est jeté dans la mer des Nuées et ta mère l'a repêché. Sans l'intervention d'Ava, le garçon que j'aimais et que j'aime encore serait mort. Autant lui que moi lui sommes redevables…

Une déflagration dans l'air.

Une zébrure fulgurante au-dessus du désert.

L'orage devenait clairement menaçant.

– Allez file maintenant, haleta Hélin.

– Attends, comment vas-tu expliquer la disparition de ton bateau ? Et comment vas-tu travailler ?

– Ne te préoccupe pas de ça ! La corporation des Pêcheurs est très soudée…

Tandis que le ciel d'Érémos s'enflammait, Hélin lâcha le rebord du canot. Lisbeth se mit à ramer.

– Tu trouveras quelques provisions dans la cale ! Éloigne-toi au moteur et coupe-le dès que tu es dans les courants ! Ensuite, laisse-les t'emporter au-delà du Cap !

– Merci Hélin, et pardon, pardon mille fois pour ce que je t'ai dit l'autre jour ! cria Lisbeth en s'éloignant.

– Ce n'est rien, Lis, entre sœurs, on s'entraide !

Lisbeth sentit sa gorge se serrer. Elle tenta de répondre par-dessus le vent, mais elle ne réussit qu'à chuchoter :

– Merci… Merci… ma sœur…

Journal de bord

Jour perpétuel 65 de l'an 1 AGS

14 h 45

Des jours et des jours que je n'ai pas écrit. Il s'est pourtant passé des choses importantes. D'abord, nous avons rencontré un survivant ! Il y a environ un mois, nous avons dû tenir presque une semaine sans nourriture. Tout ce que nous trouvions était pourri ou abîmé. Là, on a vraiment cru que c'était fichu mais, tant qu'on avait de l'eau et de l'essence, on n'avait pas de raison de s'arrêter. Et puis Susannah a été très malade. Elle s'est mise à tousser et a eu de la fièvre. On lui a donné des anti-biotiques et on l'a laissée se reposer à l'ombre. On s'est relayés pendant trois jours pour la surveiller et lui donner à boire. Cette halte forcée s'est faite dans les ruines d'une ancienne ville. Des vestiges de bâtiments émergeaient par endroits d'une glaise durcie par les rayons du soleil. C'était lugubre. Nous avons exploré les environs sans trouver quoi que ce soit de mangeable. Ça faisait deux jours qu'on était là, abrutis par la faim, lorsque Aya et moi sommes descendues dans une sorte d'énorme cratère. C'est elle qui a vu une forme noire s'engouffrer dans une brèche. Elle s'est demandé si c'était une hallucination mais, dans le doute, on est quand même allées voir. On a découvert un passage vers ce qui avait dû être un sous-sol et on s'est retrouvées dans un couloir quasiment intact. C'est là que j'ai vu ses yeux. Deux points jaunes qui brillaient dans le rayon de ma torche. Un rat ! Un énorme rat, perché sur un sac éventré d'où s'échappaient des céréales moisies, nous dévisageait. Derrière lui, il y avait une palette avec un stock de nouilles chinoises si bien empaquetées qu'on aurait encore pu les vendre. On a hésité un moment pour le rat. Aya voulait l'emmener, mais j'ai eu peur qu'il grignote nos semences. Finalement, on lui a souhaité une longue vie et on l'a laissé avec son sac de vieilles graines. C'était le premier être vivant qu'on croisait depuis la catastrophe.

Après avoir mangé, Susannah a commencé à se sentir mieux. Nous avons pu reprendre la route. En progressant vers le sud, on a constaté l'importance des dégâts. L'onde de choc et la violence de la vague ont été maximales vers l'équateur et les vestiges de villes que nous avons trouvés plus au nord ne sont maintenant qu'un souvenir. À partir de là les maisons et les immeubles étaient tout bonnement arasés, les fondations recouvertes de boue et de monceaux de gravats, laissant des paysages improbables où l'on ne reconnaissait plus rien.

Et puis le moteur du camion nous a définitivement lâchés. On savait que ça arriverait, mais ça a quand même été un choc supplémentaire. Personne n'a ouvert la bouche. On s'est contentés de charger les graines dans nos sacs à dos et on a poursuivi à pied.

La longue marche a commencé.

Marcher toute la journée, ça laisse pas mal de temps pour penser, se remémorer. Mais marcher à longueur de journée à travers des paysages désolés et des villes à demi enfouies sous la boue vous enfonce à tous les coups dans un état qui se situe quelque part entre la mélancolie et la dépression.

J'ai marché une semaine avec mon fils Théo.

Silencieusement, nous avons parlé de tout ce qui rendait notre vie plus belle. Ce n'est pas quelque chose que j'ai décidé. Je me réveillais et il était là. Il a été là pendant sept jours. Le dernier jour, je l'ai « vu » s'éloigner de moi en direction du sud, comme s'il me montrait la route. Le lendemain, c'était au tour de ma mère puis, quelques jours plus tard, celui de mon père. Tous ont pris le même chemin, entre le sud et l'ouest... Nous les avons suivis.

Si je sais quel jour on est, c'est grâce à Aya qui a pris la relève. Elle a dû comprendre que je traversais un truc particulier. Elle s'est approchée de moi, m'a souri et a ôté ma montre de mon poignet. Elle l'a accrochée au sien et a tracé une barre sur son sac à dos chaque fois que vingt-quatre heures s'écoulaient.

Et voilà qu'après des kilomètres et des kilomètres de boue séchée, de mares glauques et de déchets agglomérés, la mer est apparue devant nous.

Brillante sous ce ciel sans nuage.
Étrangement calme.
Impériale et bleue.

Éreintés, émus aussi, nous avons tous eu le même réflexe. Nous nous sommes assis par terre et nous sommes restés un long moment ainsi, à simplement la regarder. Nos lèvres bougeaient, mais aucun son ne sortait de nos bouches. Je crois que c'est là que nous avons vraiment pu dire au revoir à nos morts et à ces nuées d'êtres humains emportés par les vagues...

En tout cas, moi, je les ai sentis.

Je suis certaine qu'ils étaient tous là.

Nageant sous cette eau sombre qui se déployait à perte de vue.

« La mer des Nuées », a prononcé Aya comme une évidence, et je me suis fait cette réflexion : le monde a tellement changé que nous allons devoir le renommer. Cette côte, que nous suivons depuis des jours et des jours, je pourrais l'appeler celle « du grand adieu ». Je ne sais pas où sont tous ceux que j'ai aimés, mais je suis certaine qu'ils sont partis de l'autre côté de la mer des Nuées. Désormais, chaque fois que je m'approcherai de ce rivage, je pourrai m'adresser à eux.

ÉRÉMOS, MER DES NUÉES

64E JOUR PERPÉTUEL DE L'AN 376 AGS

Après avoir attaché le canot derrière le bateau, Lisbeth grimpa à bord. La première chose qu'elle vit sur le pont fut le sac qu'elle avait lorsqu'elle avait été arrêtée. D'une manière ou d'une autre, Hélin s'était débrouillée pour le récupérer. Cette nouvelle attention la bouleversait. Comment avait-elle pu être à ce point aveuglée par sa jalousie ? Pour mieux résister au chaos et garder l'équilibre, elle écarta les jambes et veilla à ce que ses pieds restent bien à plat sur le plancher. Ensuite, elle se concentra sur la chaudière. Il suffisait de la faire démarrer et d'ajouter une pelletée de charbon pour augmenter la puissance. Au fond, ce n'était pas plus compliqué que d'allumer le moteur à vapeur des wagonnets. Cela fait, elle abaissa le levier qui commandait la roue à aubes. Le mouvement des pales s'accéléra progressivement, éloignant peu à peu le bateau de la côte. Jetant un œil derrière elle, elle constata que la silhouette d'Hélin ne se résumait plus qu'à un point minuscule. Au même moment, une secousse l'informa qu'elle entrait dans les courants. Si elle se laissait entraîner par eux, comme Hélin le lui avait conseillé, elle se retrouverait plus bas sur la côte. Mais depuis son arrestation, elle avait changé d'avis. Elle ne voulait pas vivre la vie de Jakob. Elle ne voulait pas vivre cachée et risquer de se faire trancher la gorge le jour où la Milice la retrouverait…

Lisbeth reprit la barre et obliqua sur la droite en direction des Nuées. Voilà, le bateau était positionné plein sud, droit sur les Brumes. Hautes de plusieurs dizaines de mètres, leurs inquiétantes volutes tiraient vers le vert pâle avant de se fondre dans le ciel. C'était loin d'être engageant.

– Tu dois le faire, se répéta-t-elle, tandis qu'une autre voix commençait à lui chuchoter de toutes autres choses…

Hélin a raison. La côte est moins dangereuse et tu connais le désert… Tu pourrais t'en sortir, là-bas… Et Viggo ? Tu n'as même pas pu lui dire au revoir… Si tu traverses ces Brumes, tu ne le reverras plus jamais…

Derrière elle, le ciel se faisait de plus en plus menaçant. Il avait fini par prendre une étrange teinte mauve et il ne cessait de craquer comme si quelque chose voulait en sortir. Au loin, de gigantesques zébrures éclataient au-dessus de la Cité d'Érémos. Tiraillée entre la peur et le courage, elle secoua la tête et se remémora ce que lui avait dit

Tobias. Au fond, ce qu'elle avait pris pour une malédiction n'en était pas vraiment une. Un jour ou l'autre, chaque membre de sa famille avait pris la décision de s'enfoncer derrière les Brumes. Chacun leur tour, ils avaient tenté de répondre à la question interdite.

Où est la Nuit ?

C'était cette question qui l'avait conduite ici.

Cette seule question que sa mère lui avait laissée avant de partir.

En définitive, il n'y avait jamais eu d'autre issue.

Lisbeth constata qu'il ne lui restait plus que quelques mètres à parcourir avant d'atteindre la barrière brumeuse. Elle avait conscience que, si elle voulait changer de cap, c'était le moment ou jamais.

Elle se concentra sur le bruit du moteur.

Sur les grondements de l'orage derrière elle.

Sur le souffle du vent dans son dos.

Si son esprit tremblait encore un peu, sa main resta ferme sur la barre. Très vite, les langues de Brumes touchèrent l'extrémité de son bateau. Lorsque ce fut au tour de son corps de s'y enfoncer, elle prit une grande inspiration…

Journal de bord

Jour perpétuel 79 de l'an 1 AGS

6 h 05, à ma montre

Nous marchons toujours sur cette plage bicolore, mélange de boue et de sable dans lequel surnagent des détritus et des restes de poissons. Ça fait un moment que nous n'avons pas vu de conteneur éventré. Le dernier contenait un petit stock intact de boîtes de soupe que nous avons dégustée religieusement. Dans quelque temps, nous aurons oublié le goût des nourritures transformées. Crème Mont Blanc, cassoulet de Castelnaudary, ketchup Heinz, crabe Chatka deviendront des appellations désuètes. Et comme le sable ne se mange pas, il nous faut rapidement trouver d'autres moyens de subsistance.

Lorsque Sacha s'est mis à fabriquer une canne à pêche, Anton lui a parlé des risques d'irradiation, à cause des centrales nucléaires noyées et des arsenaux nucléaires des uns et des autres. « Peut-être, mais à choisir, je préfère mourir irradié le ventre plein que de faim en bonne santé... » lui a répondu Sacha en lançant sa ligne loin devant lui. Il a raison. La radioactivité a dû être diluée dans les océans, et puis la chair des poissons, empoisonnée ou non, nous aidera à tenir le temps de trouver une terre où planter nos graines. Ce qui, je le sens, ne saurait tarder...

Assise sur la grève, mon carnet sur mes genoux, j'écris tout en regardant Aya faire des longueurs dans l'eau. Au-dessus de nous, ce soleil de « quatre heures » est beaucoup plus soutenable que celui des débuts de notre périple. Ce serait si bon de se poser enfin, de trouver un chez-nous. Nous sommes tellement fatigués, éreintés par ce voyage sans fin sur cette langue de sable souillée. Et pour moi il y a urgence, car je n'y vois quasiment plus rien. Anton a récupéré toutes les lunettes qu'il a pu trouver dans les détritus. La plupart du temps, elles étaient brisées ou tordues, mais trois d'entre elles étaient étrangement intactes. Je les ai essayées. Cela ne change absolument rien.

Mon problème, c'est que la lumière s'en va.

J'ai de plus en plus de difficulté à écrire.

Bientôt, c'est certain, je serai complètement aveugle.

Il y a quelques jours, j'ai glissé sur une plaque de métal et, en tombant, j'ai eu peur d'avoir cassé ma montre. Ce serait grave de ne plus avoir aucun moyen de compter les heures et les jours. Nous serions perdus. Il faut impérativement qu'on prenne le temps de réfléchir à ce problème.

18 h 45

J'écris pour me souvenir de la suite de cette incroyable journée. Donc, pendant qu'Aya faisait ses longueurs, j'ai soudain eu envie d'aller voir ce qu'il y avait derrière la dune. Anton, toujours inquiet depuis qu'il sait que je perds la vue, a proposé de m'accompagner. J'ai refusé. Je dois rester capable de me débrouiller seule. Je ne veux être un poids pour personne. Un pas après l'autre, je me suis mise à grimper à l'ombre de la dune. Tout en haut, le soleil est brutalement réapparu. Son cercle immuable a semblé orange à ma vue fatiguée. J'ai marqué une pause. La sueur me dégoulinait dans le dos.

Et puis je les ai vues.

Des taches vertes, bien identifiables. En contrebas s'étendait comme un lac de conifères, une petite forêt préservée au sein d'une cuvette formée de contreforts rocheux. Je suis restée un moment sans voix et les larmes sont montées. Ce long chemin de croix a donc une fin...

La stupeur passée, je suis vite retournée en arrière et je leur ai hurlé de venir me rejoindre. Aya n'a pas entendu et elle est restée dans l'eau. Susannah, en petite forme, a désigné la nageuse d'un geste impuissant. Elle était chargée de la surveiller. Anton a été le premier près de moi. Il a crié : « Des arbres ! Des arbres vivants ! » Puis ça a été au tour de Sacha. Il a murmuré presque religieusement : « Pinus halepensis, des pins d'Alep... C'est incroyable... » Nous nous tenions tous les trois sur le sommet de la dune, fascinés.

Sacha pense qu'ils ont été protégés par le relief, mais que c'est quand même un miracle. D'après lui, on est quelque part autour de la Méditerranée, peut-être sur les contreforts de l'Atlas... Sur un ton malicieux que je ne lui avais plus entendu depuis la catastrophe, il a ajouté qu'il pourrait nous préparer de la crème de « assida » avec toutes ces graines de « zgougou ». Devant notre air ahuri, il a enchaîné, presque hilare. « Des pignons de pin, quoi ! Vous êtes jamais sortis de chez vous ? » Surexcités, nous sommes revenus en arrière et nous avons fait de grands signes à Aya et Susannah pour qu'elles nous rejoignent.

ÉRÉMOS, MER DES NUÉES

64E JOUR PERPÉTUEL DE L'AN 376 AGS

Lisbeth ne craignait plus l'orage qui grondait dans le lointain. Elle n'avait plus peur qu'on la rattrape, car elle savait que nul ne s'aventurerait aussi loin. Désormais, la seule chose qui l'inquiétait, c'était de bien conduire son bateau.

Depuis qu'elle était entrée dans les Brumes, un vent léger soufflait sans jamais les dissiper. Pour le moment, il était de son côté, la poussant obstinément vers le large. Mais comment être certaine de filer droit sur le sud et de ne pas dévier ?

« Un objet qui t'empêchera de te perdre… »

Lisbeth se rappela tout à coup qu'elle avait fourré dans son sac l'étrange cadran que Viggo lui avait donné. Il lui avait dit que l'aiguille indiquait le nord. Il suffisait donc de suivre la direction opposée pour garder le cap au sud... Elle jeta un coup d'œil en direction de son sac. Comme elle n'osait pas lâcher la barre, elle tendit la jambe le plus loin possible, jusqu'à ce que son pied touche la sangle du sac. Ainsi, elle le ramena peu à peu vers elle.

Comment a-t-il su que j'en aurais besoin ? pensa-t-elle en plongeant sa main dans la besace. Palpant la forme ronde, elle sortit l'objet et l'observa. Émue, elle caressa la coque sur laquelle était gravé un mot qu'elle ne connaissait pas : « Hammerfest ». Elle l'ouvrit et attendit que l'aiguille se stabilise sur le nord. Ensuite, elle fit pression sur la barre jusqu'à reprendre un cap ferme en direction du sud. Le vent qui se renforçait allait lui permettre d'économiser le charbon. Il ne lui restait plus qu'à monter les voiles et pour cela, elle allait être obligée de lâcher la barre.

Lâcher la barre.
Ce n'est pas si compliqué.
J'ai vu ma mère le faire des centaines de fois.

Il suffisait de se faire confiance et de la caler avec une sangle pour que le bateau continue de filer dans la bonne direction.

Non, pas tout de suite dans la bonne direction.

Lisbeth venait de se rappeler que, pour monter les voiles sans problème, il fallait d'abord faire marcher le bateau contre le vent. Cette manœuvre faite, elle chercha les drisses des deux voiles. Hésitante, elle posa ses mains sur elles et, instantanément, les souvenirs affluèrent. Retrouvant des gestes automatiques, elle hissa avec force d'abord la grande voile carrée, puis le foc, fixant chaque fois la drisse par un nœud de taquet. Puis elle reprit le bon cap et laissa le vent arrière gonfler les toiles.

Devenue maîtresse du vent, Lisbeth se mit à glisser vers le sud…

Journal de bord

Jour perpétuel 80 de l'an 1 AGS

16 h 37

En nageant, Aya a perdu le pendentif Totoro que lui avait offert sa chérie. Nous l'avons longuement aidée à le chercher, sans succès. Dommage pour elle qu'il y ait eu cette ombre au tableau et que cela lui ait, j'en suis certaine, gâché le bonheur de dormir sous les arbres. Pour ma part, respirer l'odeur des pins m'a replongée des siècles en arrière, quand je me promenais dans la garrigue en vacances chez mes grands-parents… J'ai occulté les souvenirs des vacances en bord de mer avec Théo en me concentrant sur la rugosité de l'écorce. J'ai si bien réussi cet exercice qu'à un moment, j'ai cru entendre le chant des grillons…

Ce matin, nous avons découvert que notre « forêt » s'étend en réalité sur à peine quelques centaines de mètres. Face à la dune, le sol remonte en pente douce, permettant l'ascension jusqu'aux bords d'une cuvette constituée de parois de grès assez abruptes. Nous avons continué notre exploration en suivant un couloir sablonneux entre deux parois rocheuses. Au bout de quelques minutes, le défilé s'est brusquement élargi. Nous nous sommes retrouvés devant une vaste clairière minérale, bordée par une haute façade de grès anfractueuse, avec de nombreuses cavités témoignant d'une érosion violente. Contemplant la muraille qui nous dominait, Sacha a sifflé d'admiration. « Cet endroit a un faux air de Pétra », a renchéri Aya, fascinée par les dessins que la nature avait sculptés sur la roche. De mon côté, je leur ai désigné deux cavités plus grandes que les autres, qui s'ouvrent quelques mètres au-dessus du sol.

Des grottes.

« Il y a peut-être un appartement de libre ? » a plaisanté Anton en commençant à escalader la paroi. En moins d'une minute, son corps a disparu dans le trou, puis nous avons vu sa tête réjouie ressortir. « Venez voir ! C'est carrément un loft ! » a-t-il lancé. Nous l'avons vite rejoint et avons découvert une vaste pièce haute d'environ trois mètres et d'une dizaine de mètres de diamètre. La lumière qui entre par l'ouverture révèle des parois incurvées creusées de reliefs fantomatiques et de sortes d'alcôves de différentes tailles. Sacha s'est glissé dans l'une d'elles et a annoncé qu'il avait choisi sa chambre.

J'ai l'impression qu'on va se plaire ici. Cette grotte nous protégera efficacement du soleil. Et, lorsque nous aurons suffisamment ensemencé, nous l'agrandirons et creuserons d'autres pièces dans la falaise pour que chacun ait vraiment sa « chambre ».

MER DES NUÉES, LES BRUMES

65E JOUR PERPÉTUEL DE L'AN 376 AGS

Un temps impossible à définir s'était déroulé depuis que Lisbeth avait dit adieu à Hélin. À l'instar de son excursion sur la côte, sans la scansion des sabliers, elle était incapable de dire si c'était toujours le soixante-quatrième ou le soixante-cinquième JP. Mais, puisqu'elle ne reviendrait jamais dans la Cité, cela n'avait plus vraiment d'importance. Érémos, les oasis, le désert, les puits, la pinède, la plage, sa maison… Elle ne les verrait jamais plus. Pas plus qu'elle ne reverrait la Grande Place du Soleil, les patrouilles de la Milice, le Dédale, l'estrade jaune, les exécutions…

D'ailleurs, qu'avait-il bien pu se passer depuis son départ ?

Après que Lisbeth, Hydro de la première rotation, avait été sacrifiée pour la gloire d'Érémos et que son corps avait été avalé par le Soleil dans le désert de Dallol, la fête avait battu son plein et s'était peu à peu éteinte. Certains, prenant sur leur temps de sommeil, avaient voulu la faire durer, mais le soixante-cinquième JP avait été annoncé par les Sonneurs et la Cité d'Érémos s'était remise en branle. Les Érémosiens avaient renfilé leur tunique de travail et les rotations avaient repris leur rythme habituel.

Désormais, qui pense encore à moi ?

Bien sûr, Amund avait été choqué par son exécution, mais Lisbeth était sûre que son travail passionnant lui permettrait de digérer peu à peu ce dont il avait été témoin.

La vie continue, toujours.

Et Sverre… En voyant le corps de Lisbeth disparaître sous la trappe du gibet, il avait pleuré puis s'était saoûlé tout au long de la soirée. Une fois rentré chez lui, il s'était remémoré les traits du visage de son premier fils, Lukas, et s'était endormi en se promettant de ne plus jamais avaler une goutte de mahia. Car, un jour peut-être, il aurait la chance de parler à Lukas et, ce jour-là, il ferait tout pour lui faire une bonne impression…

Et Hélin ? Hélin s'était dépêchée de rentrer chez elle pour enfiler des vêtements secs. Elle s'était mêlée à la fête pour qu'on ne se questionne pas sur son absence et, dès que possible, elle était allée parler au responsable du port. Elle lui avait expliqué que ses bouts d'amarrage avaient cédé sous la force du vent et que son bateau avait été emporté par les courants. Bientôt, un groupe de Pêcheurs irait le chercher vers le Cap et ne l'y trouverait pas. Hélin s'en construirait un autre avec l'aide de la corporation…

Quant à Viggo, son cher Viggo… Avec un pincement au cœur, Lisbeth l'imaginait démonter l'estrade, partagé entre son aversion pour son métier et la joie d'avoir parfaitement réussi son tour de passe-passe. Et après ? Après, il serait contraint par sa charge et vite occupé par d'autres tâches désignées par le Consistoire… Cependant, elle ne pouvait s'empêcher d'espérer qu'un jour peut-être il déciderait lui aussi de s'enfuir…

La vie continue, toujours.

Lisbeth n'y voyait plus grand-chose. Autour d'elle flottait un brouillard plus ou moins dense qui ne se dissipait jamais complètement. Le vent était tombé et elle trouvait ce silence vaporeux inquiétant. Pour ne pas se laisser gagner par l'angoisse, elle tentait de se concentrer sur le clapotis de l'eau contre la coque du bateau ou sur le ronronnement de son moteur. Malgré tout, la peur continuait de grandir. Dès que sa conscience se relâchait, elle s'imaginait se perdre à l'infini dans les Brumes, elle visualisait son bateau basculer dans le vide, elle se voyait avalée par la mer des Nuées...

Nous vivons sur une sphère, avait affirmé Jakob.

Si elle avait de la chance, elle saurait bientôt si c'était la vérité ou les divagations d'un vieux fou comme l'avait prétendu Elon. Mais, pour le moment, Lisbeth devait se raccrocher aux choses tangibles : le cadran qui indiquait la direction à suivre, la barre du bateau, les provisions... D'ailleurs, le fait de penser à la nourriture qui dormait dans la cale lui donna brusquement faim. Elle coinça la barre, se leva et, accordant les mouvements de son corps à la houle, elle marcha en tanguant jusqu'à la petite cabine. Tandis que son estomac gargouillait, impatient, Lisbeth explora le contenu du panier qu'Hélin lui avait laissé. Il y avait là du poisson séché, deux sacs de figues sèches, un bon kilo de sel, une dizaine de pains de chanvre, un petit sac de graines de tournesol ainsi que deux grosses gourdes d'eau ! En réalisant que toute cette nourriture correspondait à plusieurs jours de travail, Lisbeth se sentit de nouveau honteuse des sentiments qu'elle avait ressentis envers Hélin. Comment avait-elle pu se tromper à ce point sur son compte ? Elle écrasa une larme qui roulait sur sa joue pendant qu'un sourire naissait sur ses lèvres. Assoiffée, elle déboucha une des gourdes et avala de longues gorgées d'eau. Ensuite, elle attrapa deux petits pains et retourna s'installer à la barre pour les grignoter lentement. Elle sentait bien que cela ne la rassasierait pas complètement, mais c'était suffisant pour reprendre quelques forces. N'ayant aucune idée de la durée du voyage, elle se disait qu'il était préférable d'économiser ses provisions.

Cette collation la rasséréna. Sa respiration se fit plus ample, son angoisse se tarit et elle retrouva même un peu de cette joie simple qu'elle avait jadis expérimentée avec sa mère. C'était très agréable de savoir mener son embarcation et de fendre ainsi les eaux, et elle réalisait qu'au fond, ce n'était pas seulement Ava qui lui avait manqué quand elle était devenue Hydro. Désormais, elle se rappelait à quel point elle avait aimé le métier de Pêcheuse et tout ce qui allait avec : l'ivresse du large, la solitude sublimée, le sentiment de se sentir à la fois minuscule et immense, l'impression de faire partie des éléments...

Brume.
Eau.
Morceaux de ciel.

Lisbeth se rendait compte à quel point elle avait aimé chaque sortie en mer, combien elle s'était nourrie de ces moments à écouter les clapotis, à craindre l'horizon bouché par les Brumes et à observer le Soleil en lévitation au-dessus de la Cité, combien elle avait aimé tous ces instants où, seule à la proue, elle avait la sensation d'être en communion avec une force qui la dépassait et qui emplissait ses poumons d'un air… plus vif…

Alors, tant pis si c'était le dernier paysage qu'elle voyait. Ou plutôt tant mieux. Elle préférait de loin être là, ballottée et fragile, qu'en sécurité dans cette Cité qui avait failli la tuer.

Journal de bord

Jour perpétuel 85 de l'an 1 AGS

20 h 05

Nous sommes chez nous.

Parfois, nous avons encore du mal à le croire et pourtant nous sommes chez nous. Nous avons passé les cinq derniers jours à nettoyer les grottes pour en faire le nid le plus douillet possible. Nous avons fabriqué des nattes avec tous les restes de végétaux que nous avons pu trouver et nous les avons recouvertes avec nos couvertures de survie. Nous pourrons certainement faire mieux, mais c'est déjà un bon début.

Le plus important, c'est que les semences sont désormais à l'abri du Soleil et de la chaleur. J'espère que nous n'aurons pas de mauvaise surprise au moment de les ouvrir... Nous réfléchissons à l'organisation des terres environnantes, à comment désaliniser l'eau et l'emmener jusqu'aux semailles. En attendant, nous nous nourrissons principalement de poissons, coquillages et pignons de pins.

Ah, il y a une petite niche naturelle dans laquelle j'ai rangé les objets de l'ancien monde que nous avons emportés avec nous (nos livres, ma montre) ou que nous avons trouvés (un globe terrestre intact, la boussole, etc.).

Maintenant que nous sommes installés, je ne suis plus sûre que nous aurons l'occasion de trouver des livres. Je n'arrive pas encore à admettre qu'il faudra nous contenter de ceux que nous avons emportés sur l'ISS ! Si nous avions su... Si nous avions su que c'était notre dernière chance d'emporter un livre, aurions-nous fait le même choix ? Pour ce qui est du mien, je crois que oui. « Le Merveilleux Voyage de Nils Holgersson » était le livre préféré de mon fils et c'est lui qui avait insisté pour que je l'emmène dans l'espace. Je le lui ai lu tous les soirs pendant des années. Je ne sais pas pourquoi il ne s'en lassait jamais. Même plus grand, ce récit était toujours sur sa table de nuit. Pendant des mois, il se couvrait de poussière et puis soudain, la poussière disparaissait. Je crois que cette histoire aidait mon fils à lutter contre ses angoisses. Il craignait le réchauffement climatique, la montée des eaux, les épidémies, les guerres... comme ses amis, comme nous tous.

Et comme nous tous, jamais il n'aurait imaginé que la fin du monde arriverait après qu'une météorite aurait percuté la Lune...

Pour la première fois depuis que nous sommes redescendus, j'ai eu envie (ou le courage) de l'ouvrir. Voici un des dialogues que je viens de lire à Anton :

« - J'ai exploré le pays à la recherche d'une nouvelle demeure. D'abord, je me suis rendu dans le Värmland pour m'enquérir de la situation de nos parents à Ekshärad, mais j'ai pris une peine inutile : toute la famille avait disparu. Il ne restait plus une tanière d'ours dans la forêt.

- Je crois que les hommes veulent rester seuls sur la Terre ! dit la mère ourse. Alors même qu'on ne s'attaque plus aux maisons, ni aux gens, alors même qu'on se nourrit de fraises, de fourmis et de verdure, on n'a plus le droit de vivre dans la forêt. Je me demande vraiment en quel endroit nous pourrons nous établir pour qu'on nous laisse vivre en paix. »

Nous laisser vivre en paix. Est-ce que ce n'était pas le seul et unique souhait de toute l'humanité ?

MER DES NUÉES, LES BRUMES

TEMPS INDÉFINI

Lisbeth se réveilla et constata qu'elle était allongée à même le bois de la coque, recroquevillée sur elle-même. Elle avait dû s'endormir sans s'en rendre compte. Elle jeta un œil anxieux sur le petit cadran et fut rassurée de toujours tenir son cap. Encore un peu engourdie, elle se releva et décoinça la barre pour reprendre le contrôle de la navigation. Une fois assise, elle constata qu'une brise fraîche soufflait sur son visage. Elle était plus froide que la température de la mer et que celle du fond des mines, plus froide que tout ce qu'elle avait pu expérimenter jusque-là. Le plus étrange pourtant, c'était la luminosité. Alentour, les Brumes avaient changé de consistance. Elles semblaient plus épaisses, plus grises, plus… métalliques.

Pour ne pas laisser toute la place au sentiment d'angoisse qui renaissait dans le creux de son estomac, Lisbeth alla se chercher un gros morceau de poisson séché et une poignée de figues. Elle retourna à la barre pour les manger mais, cette fois, cela ne suffit pas à la rassurer. D'abord, ses réserves diminuaient plus vite qu'elle ne l'aurait voulu et, avec cette lumière qui décroissait à vue d'œil, de vieilles angoisses refaisaient surface.

Et si, par sa faute, la Nuit revenait et recouvrait tout ?

Lisbeth se secoua. Elle n'était plus une enfant et elle ne croyait plus à ces contes. Si elle voulait survivre, elle ne pouvait plus compter que sur elle-même. Il y avait du vent ? C'était l'occasion de profiter du moindre souffle pour économiser ses faibles réserves de charbon ! Le bateau avançait tout seul ? C'était l'occasion de pêcher ! Retrouvant son courage, elle coinça la barre sur le même cap pour aller jeter un coup d'œil dans la cale. Là, dans l'enchevêtrement des lignes, elle en démêla une de petite taille et la ramena sur le pont avec la boîte d'appâts. Délicatement, elle accrocha un des appâts à sa ligne avant de la jeter à l'eau. Très vite, une secousse agita la corde. Lisbeth eut à peine le temps de tirer dessus qu'elle cassa.

Ne te décourage pas, tu as peut-être pris une trop petite ligne, crut-elle entendre sa mère.

Aussitôt, elle alla chercher une ligne plus grosse et recommença la manœuvre. Cette fois, plus rien ne bougeait. D'ailleurs, le vent était tombé et la mer semblait vide. Soudain lasse, elle bloqua le moulinet et enroula la ligne autour d'une rame qu'elle plaça sous sa jambe. La fatigue la submergea et elle sombra rapidement dans un sommeil peuplé de personnages étranges.

Des êtres encapuchonnés la poursuivaient dans les dunes, l'acculant sur un piton rocheux surplombant la mer. Le chef, au corps humain et à la tête de poisson, l'abreuvait d'un charabia incompréhensible en traçant des signes dans le sable à l'aide d'un gros bâton. Il semblait lui poser des questions et, comme elle était incapable d'y répondre, il s'impatientait, effaçant nerveusement un dessin pour en tracer un autre. Comme il se rapprochait dangereusement, pointant sur elle ses yeux globuleux, elle répondit au hasard « la Nuit ? ». Cette réponse le mit en fureur et il commença à lui donner de furieux coups de bâton sur la jambe.

Lisbeth se réveilla d'un coup, pour s'apercevoir que la ligne pliait, appuyant avec force sur son mollet. Elle avait pris quelque chose ! Elle se dépêcha d'actionner le moulinet, mais sa prise se débattait si furieusement qu'elle avait du mal à tourner la manivelle. Bloquant sa ligne, elle alla remettre en marche la chaudière pour prendre un peu de vitesse et fatiguer sa proie. Donnant de temps à autre un coup de gouvernail sur la droite ou la gauche pour détendre la ligne, elle en profitait pour mouliner et gagner quelques mètres...

Lorsqu'elle sortit enfin le poisson de l'eau, Lisbeth poussa un cri de victoire. Juste après, une envie de rire remonta de son ventre et, pendant un instant, elle se sentit joyeuse. Elle avait réussi ! Elle avait retrouvé les gestes ancestraux. Elle imaginait la fierté qu'aurait ressentie sa mère en la voyant... Car c'était une prise rare, une aline d'un bon mètre de long. Un poisson hors de prix. Elle en avait vu quelquefois sur les étals des Pêcheurs, reconnaissable à ses reflets bleu-vert et à ses deux nageoires dorsales. Mais cette aline-là était moins passive que celles du marché. Elle s'agitait furieusement sur le pont de l'embarcation. Saisissant une hachette, Lisbeth trancha la tête du poisson d'un coup sec. Ensuite, elle passa le tranchant de son couteau sur toute la longueur de l'abdomen et l'ouvrit pour le vider. Il ne lui restait plus qu'à le saler.

Journal de bord

Jour perpétuel 106 de l'an 1 AGS

Au fil des « jours », nous nous sommes rendu compte que, sans alternance jour/nuit, nous dormons moins longtemps et que notre temps d'éveil diminue lui aussi. Bref, nos « journées » sont plus courtes. Les « nuits » également et, afin de ne pas perdre de temps dans notre travail d'ensemencement, nous avons décidé de nous partager en deux groupes. Pendant qu'un groupe dort, l'autre travaille et inversement. Un peu comme sur la station finalement…

Chacun a un rôle bien précis. Anton est chargé de nous nourrir en attendant que les semences aient donné. Il passe plusieurs heures à pêcher. Susannah et Aya s'occupent de l'eau. Elles ont trouvé un système pour filtrer l'eau de mer et ont commencé à creuser un puits. Évidemment, Sacha plante les graines. Quant à moi, j'y vois de plus en plus mal. Je fais ce que je peux pour travailler le sol, mais mon travail le plus important reste celui de la collecte de nos connaissances. Tant que j'arrive encore à écrire, je fais des listes et des descriptions détaillées dans mon carnet. Dès qu'il a fini sa rotation, Anton vient m'aider à dessiner des schémas.

Comme certains se lèvent quand d'autres vont se coucher, nous avons organisé un repas en commun. Chaque jour, nous nous retrouvons tous les cinq autour d'un feu sur lequel nous faisons griller quelques poissons. En plus d'être agréable, ce moment est l'occasion d'échanger de nouvelles idées ou de tenter de résoudre ensemble les problèmes que nous rencontrons. « Hier », quand ça a été mon tour de parler, je leur ai dit que le moment était venu de donner un nom à l'endroit que nous construisons.

Anton a proposé « Érémos », c'est un mot grec qui signifie « désert, solitaire » ou, si on l'accole à une personne, « abandonné des autres ». Nous nous sommes tous regardés et nous avons répété ce mot étrange plusieurs fois pour voir comment il roulait sur nos langues.

« Érémos, Érémos, Érémos... »

Tour à tour, nous l'avons murmuré, chanté, prononcé d'une voix forte.

« Érémos oui, ça sonne bien ! » a décrété Aya.

« J'aime », a simplement dit Susannah, et Sacha a échangé avec elle un sourire complice avant d'acquiescer.

Moi aussi j'y entends quelque chose qui me plaît. Érémos pourrait aussi signifier quelque chose comme « nous allons » ou « nous irons »...

Je crois que c'est ce qu'il y a de plus important.

Rester en action.

Construire un avenir.

Toujours avancer.

MER DES NUÉES ?

TEMPS INDÉFINI

Progressivement, les nappes de brouillard s'étaient espacées et les Brumes avaient fini par disparaître complètement.

Elles s'étaient contentées de tirer leur révérence.
Il n'en était rien sorti.
Et elles ne l'avaient pas dévorée.

Pour autant, le paysage environnant n'avait rien de rassurant. L'horizon n'était qu'eau lisse et noire et la luminosité ne cessait de baisser. À ce stade, Lisbeth voyait surtout les voiles, d'une blancheur spectrale sur le ciel grisé. Un vent léger les gonflait encore un peu mais, s'il continuait de décroître, elle serait forcée de rallumer son moteur.

Pour le moment, le plus difficile à supporter, c'était le froid. Elle avait fini par se tailler une espèce de grand poncho avec une voile de secours trouvée dans la cale, doublant le tissu pour mieux la protéger. La main toujours fermement crochetée à la barre, elle venait d'attaquer son dernier pain de chanvre... Après, elle ne pourrait plus compter que sur la pêche pour se nourrir. Et s'il faisait plus froid encore ? Le supporterait-elle ? Lisbeth en était là de ses considérations sur son avenir proche lorsqu'elle aperçut une forme noire fendre les flots. En plissant les yeux, elle vit le dos de ce qui ressemblait à un poisson d'une taille gigantesque. Qu'est-ce que ça pouvait bien être ? Cette créature était tellement grosse que Lisbeth préférait ne pas imaginer ce qu'il se passerait si elle décidait de renverser son bateau...

Une idée terrifiante lui traversa l'esprit. Et si les Brumes, loin d'être létales comme le croyaient les Érémosiens, formaient en réalité une barrière contre ces créatures ? Et si c'étaient ces monstres qui venaient chercher les navigateurs téméraires ?

Noireté...

Lorsque le « monstre » se rapprocha du bateau au point de cogner contre la coque, Lisbeth poussa un cri d'effroi et se dépêcha de rallumer son moteur.

Faire du bruit pour qu'il s'en aille.
Prendre une rame et frapper la coque.

C'était la seule idée qu'elle avait. Alors, elle frappa, frappa de toutes ses forces sur le rebord du bateau. Lorsqu'elle rouvrit les yeux, elle constata que la créature s'était éloignée. De crainte qu'elle ne revienne, Lisbeth continua de donner des coups sur la coque, de plus en plus fort, de plus en plus vite, sans plus pouvoir s'arrêter. Comme entraînée dans une sorte de transe, elle se mit bientôt à hurler, à rugir, à faire des bruits bizarres... un peu comme si c'était elle le monstre... et lorsqu'elle se calma enfin, elle constata que le gros poisson avait disparu.

Journal de bord d'Érémos

Jour perpétuel 165 de l'an 1 AGS

18 h 56

Susannah est venue me confier qu'elle n'a plus ses règles depuis quelque temps. Je lui ai demandé si ça pouvait être un des effets de la disparition de la Lune. Elle a souri et a secoué la tête. Elle a d'autres symptômes : ses seins sont tendus et elle a des nausées. Aux trois derniers repas, elle s'est contentée d'avaler des salades d'algues agrémentées de tomates issues de nos toutes premières récoltes. Elle ne l'a pas encore dit à Sacha. Elle veut d'abord prendre le temps de faire le tri dans la foule de sentiments contradictoires qu'elle ressent.

Susannah a peur. Elle est médecin et craint peut-être encore plus que nous l'accouchement à l'ancienne, sans échographie, sans sage-femme et sans péridurale. Elle s'inquiète aussi du fait que nous n'aurons peut-être pas assez à manger. Effectivement, même si les premières semences que nous avons plantées semblent prendre, les arroser avec de l'eau non salée nous demande un travail phénoménal. Il nous a fallu un mois pour creuser un puits et atteindre les nappes phréatiques et nous avons conscience que cela ne suffira pas. Il nous faudra davantage de réserve hydrique, et pour les cultures, et pour notre consommation. Avec Anton, nous planchons sur un système d'aqueduc. Ça prend forme mais, sans machine, chaque construction nous demandera un temps infini...

Susannah se sent mélancolique. Depuis qu'elle sait qu'elle est enceinte, elle repense sans arrêt à son premier accouchement. Moi aussi je repense au mien. Je revois la petite bouille toute plissée de Théo, ses cheveux noirs et épais... Je le revois à tous les âges...

J'ai réalisé que je ne pourrai certainement pas voir le visage de son enfant. Et, quand ce sera à mon tour d'enfanter, car mon tour viendra forcément, ce sera la même chose...

La mélancolie, nous devrons vivre avec.

J'ai écouté Susannah en lui massant longuement le dos. Quand elle a eu fini de me confier toutes ses angoisses, j'ai posé ma main sur son ventre et je lui ai promis que tout se passerait bien. Quand j'ai ajouté que c'était notre espoir à tous qu'elle portait en elle, elle s'est mise à pleurer. Alors j'ai continué. J'ai ajouté que, sous ces épaisses couches de peur et de mélancolie se trouve une petite étincelle. Je lui ai dit que la vie a commencé son travail de création. Dans l'obscurité de son ventre, ce petit être grandit déjà. Il fait pousser ses jambes et ses bras. Il actionne son cœur. Bientôt, il voudra voir la lumière. Demain, il marchera sur Érémos. Il sera le premier Érémosien…

MER DES NUÉES ?

TEMPS INDÉFINI

Lisbeth s'en voulait de s'être encore endormie. Maintenant, elle était frigorifiée. Hormis le claquement de ses dents, il n'y avait pas un seul bruit alentour. Le moteur, faute de carburant, avait dû s'éteindre tout seul... Et, étrangement, alors qu'elle avait bien les yeux ouverts, c'était comme s'ils étaient fermés.

– Noireté ! lâcha-t-elle malgré elle.

Écarquillant les yeux, elle se mit à chercher un point, une fente, quelque chose où accrocher son regard. Mais elle n'y trouva rien. Rien d'autre que la *Nuit*.

– Alors, ça y est ? Je l'ai trouvée ? murmura-t-elle.

Pas de réponse.

– C'est ça la Nuit ? Ne rien y voir ? Être comme les Aveugles ?

Toujours aucun écho.

Lisbeth se mit à quatre pattes et chercha la barre à tâtons. Lorsqu'elle posa la main dessus, elle constata qu'elle ballottait d'un côté et de l'autre au gré des flots. Dans cette opacité, il était impossible de consulter son cadran afin de savoir dans quelle direction le bateau se dirigeait. Que faire alors ? Son ventre gronda. Toujours en rampant, elle alla récupérer le sac de graines de tournesol. Il ne lui restait que ça à manger. Et plus une seule goutte d'eau. Elle en avala une poignée en prenant soin de mâcher longuement. Sa gorge trop sèche avalait difficilement la pâte de graines. Des larmes roulèrent sur ses joues glacées. En comparaison avec la température extérieure, elles lui semblèrent brûlantes.

Maman, j'ai répondu à ta question.
J'ai trouvé la Nuit.
Qu'est-ce que je dois faire maintenant ?

Accablée, la jeune fille s'enroula dans les voiles et se rallongea au fond de la coque. Les yeux plongés dans la noirceur, elle se mit à penser à Viggo, visualisa son beau regard pailleté et ses longs cheveux roux, se rappela son sourire si tendre et la sensation de sa main dans la sienne. Pendant un moment, il avait été son soleil. Les sentiments qu'elle avait ressentis pour lui l'avaient éclairée de l'intérieur... Alors, pour oublier les frissons qui parcouraient son corps glacé, elle se concentra encore sur le souvenir qu'elle conservait de la douceur de sa peau. Elle aurait tellement voulu avoir plus de temps pour mieux le connaître. Elle aurait aimé qu'il lui raconte son histoire et, le moment venu, elle aurait eu envie de caresser sa peau si blanche.

Lorsqu'un point lumineux se mit à pulser dans le ciel, Lisbeth crut d'abord que son esprit fatigué était en train de dessiner les yeux de Viggo sur la toile noire. Mais un autre point scintillant apparut, puis des dizaines, des centaines, des milliers d'autres... C'était comme si un grand voile noir était tendu devant le Soleil et, qu'à l'aide d'une aiguille, quelqu'un était en train d'y percer des trous. Retenant son souffle, elle espéra le retour de l'astre, de ses rayons de vie, de sa lumière et de sa chaleur. Mais le Soleil ne revint pas et Lisbeth finit par comprendre de quoi il s'agissait. Tobias lui en avait parlé.

C'était la Nuit de l'Ancien Monde.

Avec ses multitudes d'étoiles brillantes.

Et c'était magnifique.

Journal de bord d'Érémos

Jour perpétuel 400,
dernier jour de l'an 1, AGS

Susannah a accouché d'un petit garçon en parfaite santé. Dans ces conditions précaires, tout s'est merveilleusement déroulé. Aya l'a beaucoup aidée. Elle a même coupé le cordon ombilical. Peu après l'accouchement, Sacha et Anton ont vu une oie traverser le ciel. C'est incroyable ! C'est le tout premier oiseau que nous voyons depuis notre retour sur Terre ! Où était-il pendant tout ce temps ? En tout cas, nous n'avons pas pu croire à une coïncidence et nous avons voulu y voir un signe bienheureux. Aussi, Sacha et Susannah ont décidé d'appeler l'enfant Nils, comme le Nils Holgersson de mon livre.

Les dernières lignes de ce carnet sont rédigées par Anton sous ma dictée. Je vis désormais dans la nuit. Nous allons entrer dans notre deuxième année

Après le Grenier Sacré. Nos années font quatre cents jours, parce que nos jours ne font plus que seize heures au lieu de vingt-quatre. Je ne sais pas ce que nous réserve l'avenir, mais je crois que ce que nous avons accompli ici est déjà un miracle. Pour le moment, nos récoltes sont bonnes et nous avons de quoi nourrir nos futurs nouveau-nés et ceux qui viendront après eux. Mais Érémos est un îlot, de la même manière que la Terre était une exception dans l'univers, un équilibre fragile. Nous devrons faire de sa sauvegarde notre priorité absolue. Nous ne devrons pas nous disperser. Nous devrons nous concentrer sur ce que nous avons sans chercher à aller sur la Lune ou sur Mars, ou à notre échelle, sans chercher à aller voir ce qu'il y a de l'autre côté de la mer des Nuées.

Anton, Sacha, John, Aya, Susannah et moi-même avons vu le nouveau visage de notre planète depuis l'ISS. Nous savons qu'au sud il ne peut rien y avoir de bon pour nous et pour nos enfants. Entamer un voyage au-delà des Brumes de la mer des Nuées ne nous conduirait qu'à trouver le froid et la nuit. Alors, pour une fois, j'aimerais que nous nous contentions de ce que nous avons, que nous le chérissions et que nous le fassions fructifier. Au-delà des Brumes, il n'y a que la nuit. Nous n'en voulons pas pour Nils, ni pour aucun de nos futurs nés dans la lumière.

Alors cette nuit, je la garderai.
Elle se tapira en moi.
Elle sera mon fardeau.

NUIT ET CIEL ÉTOILÉ

TEMPS INDÉFINI

Cela faisait bien longtemps que Lisbeth n'avait plus rien avalé. Sa gorge était sèche et sa langue gonflée. Allongée, empaquetée dans les voiles, elle n'avait plus vraiment froid. Elle se laissait bercer par les courants qui l'emmenaient désormais là où ils voulaient.

Le gros poisson revint. De temps à autre, elle l'entendait cogner la coque. Il donnait quelques coups, cessait, puis recommençait, mais jamais assez fort pour renverser son embarcation. De toute façon, elle n'avait plus la force de le chasser.

Au bout d'un moment, le gros poisson se mit à chanter. C'étaient des sortes de vocalises profondes et mélancoliques qui semblaient lui être adressées. C'était si beau, si doux, que Lisbeth n'avait plus du tout peur de lui.

Bercée par ces chants, elle regardait les étoiles.
Nageait parmi elles.
Flottait dans le ciel.

C'était la même sensation que lorsqu'elle s'était perdue dans les yeux pailletés de Viggo. C'était le même ressenti que la toute première fois où sa mère l'avait emmenée en mer. Elle était toute petite à cette époque, mais elle se rappelait encore parfaitement ce moment. Tout en barrant, Ava la tenait tendrement serrée contre sa poitrine, si proche de son cœur qu'elle l'entendait battre derrière ses côtes. Au bout d'un moment, Lisbeth avait eu l'impression de ne faire qu'un avec sa mère, avec le ciel, avec l'eau, avec le vent et avec le Soleil. C'était un moment hors du temps, un moment où elles avaient toutes les deux oublié les rotations, le monde d'Érémos, peut-être même qui elles étaient. À l'instar de ce qu'elle ressentait en se perdant dans cet immense ciel étoilé, c'était une de ces rares émotions, large, pleine, sans limite. Une émotion qu'elle avait gardée, qu'elle avait contenue en elle, peut-être même muselée à force de rotations et de temps tronçonné et qui se déployait enfin dans son envergure infinie.

L'Amour.

REMERCIEMENTS

C'est en 2018, lors d'un court séjour en Bretagne, qu'Éric m'a aidée à dépoussiérer et à faire renaître cette histoire que je porte depuis longtemps en moi. Ensuite, il m'a soutenue à chaque page, presque à chaque phrase de ce roman. Un immense, immense merci à lui pour ses encouragements et sa foi de chaque instant.

Merci à Aimée Ardouin qui suit de près mon travail depuis plusieurs années, m'apporte son soutien dès qu'elle le peut et éclaire de sa lumineuse présence les résidences d'écriture de Saint-Symphorien.

Merci aussi à Rémi Canton, du Cnes (Centre national d'études spatiales), qui a pris du temps sur son télétravail pour répondre joyeusement à mes nombreuses questions.

Merci bien sûr à mon éditrice, ma très chère Charline qui sait si bien m'aider à accoucher de mes textes. Merci également à toute l'équipe éditoriale Thierry Magnier qui fait un travail remarquable.

Merci encore et toujours à Tom Haugomat, dont j'admire le travail et qui accepte de faire mes couvertures même quand il est overbooké (et avec le succès qu'il connaît, il est perpétuellement overbooké !).

Merci à Lire en Poche et au Domaine de Chevalier pour ce délicieux « Clos des Lunes, Lune d'argent » 2016.

Merci enfin aux lecteurs et lectrices (un big spécial à Gaëlle, ma première vraie fan et qui me suit depuis plus de dix ans), blogueurs, blogueuses (une pensée toute particulière pour l'excellente Hashtag Céline), libraires, journalistes de presse, profs de CDI, profs tout court, organisateurs, organisatrices de salon, de prix, et à tous ceux et celles qui aiment les livres et se démènent pour les faire vivre.

Quelques pistes de lecture, documentaires, articles :

« L'Eau du désert. Usages, techniques et maîtrise de l'espace dans les confins du Sahara », Edmond Bernus, article paru dans la revue *Persée*, 1989

Dans la combi de Thomas Pesquet, Marion Montaigne, Éditions Dargaud, 2017

Désert solitaire, Edward Abbey, traduit de l'anglais (USA) par Jacques Mailhos, Éditions Gallmeister, 2010

Seize levers de Soleil, film documentaire de Pierre-Emmanuel Le Goff, 2017

Thomas Pesquet, l'envoyé spatial, film documentaire de Jürgen Hansen et Pierre-Emmanuel Le Goff, 2017

Cet ouvrage a été achevé d'imprimer sur Roto-Page par-delà les Brumes
pour le compte des éditions Thierry Magnier
par l'Imprimerie Floch à Mayenne en juillet 2021
Dépôt légal : août 2021
NBJ/38814.01.54881.001
N° d'impression : 98777
Imprimé en France